星降幻境情缘

他的吻犹如他这个人一样，温柔得
令人要溺进去。我闭上眼静静地
接受他的吻，享受这无比幸福
的时刻……
© SOL.Bianca Creation works

因为我不会与她为敌。如果她真的非要与我为敌，
那我就让她杀吧，因为我舍不得她难过。
©SOL.Bianca Creation works

星降，幻境情缘

凉桃 著

CnS PUBLISHING & MEDIA 中南出版传媒
湖南少年儿童出版社
HUNAN JUVENILE & CHILDREN'S PUBLISHING HOUSE

图书在版编目（CIP）数据

星降，幻境情缘 / 凉桃著. — 长沙 ：湖南少年儿童出版社，2017.1
ISBN 978-7-5562-0293-5

Ⅰ. ①星… Ⅱ. ①凉… Ⅲ. ①长篇小说－中国－当代 Ⅳ. ①I247.5

中国版本图书馆CIP数据核字(2017)第010866号

PUBLISHING & MEDIA
中南出版传媒

XINGJIANG，HUANJING QINGYUAN
星降，幻境情缘

责任编辑：吴　蓓
总 策 划：熊　静
特约编辑：王　彦
文字编辑：张　凤
装帧设计：齐晓婷
插画制作：索・比昂卡创作组　（关小猫　Daily　鹿麋麋）
文字校对：曾乐文

出 版 人：胡　坚
出版发行：湖南少年儿童出版社
地　　址：湖南省长沙市晚报大道 89 号　邮　　编：410016
电　　话：0731-82196340（销售部）　82196313（总编室）
传　　真：0731-82199308（销售部）　82196330（综合管理部）

经　　销：新华书店
常年法律顾问：北京市长安律师事务所长沙分所 张晓军律师
印　　刷：长沙三仁包装有限公司
开　　本：660 mm × 960 mm　1/16
印　　张：16　　字　　数：170 千字
版　　次：2017 年 1 月第 1 版　　印　　次：2017 年 1 月第 1 次印刷
定　　价：26.80 元

目录

目录

第一章

异世中拯救大魔法师

趁着周末没课，我约了好友小曼去山上拍照，地点在我从小玩到大的云水山。我们站在一个小山头拍得正高兴，忽然看见了几个鬼鬼祟祟的人影。

他们有四五个人，全是成年男子。

“今天手气怎么样？”一个穿着土黄色短袖衫的男人开口问道。

“还行吧，这几天来旅游的人少了，不好下手。”旁人回答。

“是啊，还是旅游旺季好，尤其是年轻学生，玩得起劲了不注意，口袋里的钱包特别容易得手。”土黄短袖衫男人说完，手指在空中点了点，“摊出来摊出来，看看今儿的份额怎么分。”

听到这些对话，我和小曼讶异地互相对视一眼。

天啊！我们这是碰到了正在分赃的小偷啊！

小曼胆子比较小，讶异过后惊恐地看着我，说：“千云，他们是小偷……我害怕，我们赶紧走吧。”

我摇了摇头，表情坚定地说道：“我们先把他们的样子拍下来，然后再下山报警！不能就这么放过他们！”

“那好，听你的……”小曼稍作思索便答应了，她强迫自己快速镇定了下来。

说罢，她摆弄着手里的相机，准备拍下不远处的一幕。

但是就在这时，一只小蜘蛛突然从我们头顶的树上掉到了她手上。她吓了一跳，虽然没有尖叫出声，相机却掉到了地上。

我们两人跟小偷之间隔着一个斜坡，相机落地后，直接一路滚到了小偷脚边，他们顺势抬起头看向我们。

小曼吓得脸色都白了，无助地看着我，问："千云，现在怎么办？"

"除了跑还能怎么办！"

我来不及心疼刚买的相机，拉着几乎吓傻的小曼转身冲进小树林，决定绕小路甩掉他们——毕竟这座山我很熟悉。

我拉着小曼拼命地跑。

小树林出口的左边是一条岔路，岔路前方是废弃的断崖，是条死路！右边才是出去的路，只要出去了，前面就有个保安亭！

"千云，我，我跑不动了……"小曼气喘吁吁地说道。她体质一向不太好，跑这么久的确是难为她了。

"小曼,撑住！"我给小曼打气。

但奈何当英雄总要历经磨难，我们刚跑到岔路口，几个男人就从侧面冲了出来，挡住了右边的出路。

"臭丫头！看你们往哪里跑！"其中一个男人得意地看着我们，说道，"你以为就你熟悉这破地方？我也是从小在这里玩到大的！"

竟然是本地人！

真是给我们云水镇丢脸！

“千云……”小曼看着我，快要哭出来了。

“可恶！”我恶狠狠地瞪着那几个男人，突然灵机一动，拉起小曼往左边的断崖跑去。

“她们跑了，快追啊！”看到我们逃跑，其余几个人有点着急。

“别追了，那边是死路，她们跑不掉的！”本地男人语带不屑地说道。

“死路？”小曼一边跑一边惶恐地看着我。

“小曼，你别怕，这可不是什么死路！”我拉着小曼跑到崖边，一扭头看见身后的男人还在慢悠悠地走着，似乎完全不担心我们跑掉。

“小曼，这下面的河，水流虽然看着吓人，但其实很适合游泳。你放心，我以前试过，不会有什么危险的！”我抓着小曼颤抖的肩膀，有些欣慰地说道，“还好你不恐高，游泳技术又好，不然我也不敢带你走这条路。”

“千云，你不会是想……”小曼低下头，惊恐地看着离断崖有些距离的水面。

小曼的话还没说完，我便拉着她一起跳了下去。

这种情况下还考虑什么，当然是我们的命重要啦！不然被对方抓到就惨了！

此刻我终于理解了爸爸妈妈跟我说过的“做英雄不能只凭一腔热血”是什么意思。脱身后，我一定立马报警抓他们！这几个人的猥琐样子我都记住了！

脑中思绪纷飞，等我回过神的时候，我和小曼已经落入了水里。就在

第一章

异世中拯救大魔法师

这时，变故突生。

水花飞溅的瞬间，一道光芒骤然亮起，我下意识地闭上眼睛，却感觉一阵天旋地转，紧接着便昏了过去……

“好痛……”我头痛欲裂地醒来，一睁开眼睛，便发现自己躺在茂密的草丛中，四周是一片鸟语花香的景象。

鸟鸣清脆婉转，树木粗壮结实。阳光像一缕缕金色的细沙，穿过层层叠叠的枝叶落下来，斑斑驳驳地洒在草地上。空气中弥漫着青草、鲜花和泥土的芳香。而我原本湿漉漉的衣服，已经被温热的空气烘干了。

“为什么我会昏过去……”我有些迷茫地看着四周，总觉得怪怪的，片刻后才终于发现哪里不对劲。

这里根本不是云水山！

我从小就跟父母在山上居住，山里的每一个区域我都非常熟悉，但眼前的景象显然不在云水山范围内！

面前的绿林，树木错落有致地生长着。凭这几年跟着妈妈对植物的学习，我十分肯定这不是天然林木，而是人工种植的，它们的布局像极了八卦阵。

难道这里封印着什么怪物？

脑海中忽然冒出的念头差点让我笑出声。我一边暗骂自己动漫看多了，一边四处打量。

“咦，这是什么树？”

突然，一棵长相怪异的树吸引了我的视线。

“老妈的百宝书里有相关记载吗？竟然还有把手！这是怎么长出来的？”

这棵树的树干上有一个把手形状的凸起，我一时觉得有趣就握住了，没想到它竟然收紧“把手”，将我牢牢禁锢住。

“救命啊！树成精了！”我惨叫一声，拼命把手往外拔，却怎么也拔不出来。

紧接着，大树在我彻响天际的号叫声中开始移动，拽着我发疯似的在林子里撞来撞去。

随着“啪嗒”一声，我们掉进了一个地下洞穴。

洞穴不深也不浅，不过好在下面没有石头或尖锐物，地面也较为松软，加上还有“树精”为我垫底，除了屁股摔得有些痛，我身上倒没其他伤口。

我揉着屁股爬起身，看着那棵摔得变了形的树，好奇地捡起它的碎片，满心疑惑。

为什么它会动呢？

虽说我满心好奇，不过事到如今大树也“死了”，自然不能为我解答——不过它会说话吗？

我扔下手里的碎片，开始打量身处的洞穴。

我记得自己最近一次观察类似的洞穴，还是五六年前跟小叔叔一起……

我的家庭是一个不折不扣的科学研究队。老妈是植物学方面闻名的怪才，老爸是动物学方面厉害的人才，至于我的叔叔、小姨们，就更别提了，简直是《世界奇妙物语》中无所不知的“百宝囊”。

而我——负千云，除了家族遗传的超乎常人的好奇心，其他本事一点也没有遗传到。虽然老妈总是安慰我说我也有自己厉害的地方，但是我到现在都还没发现！

唉，现在不是想这些事的时候，我必须快点回到地面上，然后找到小曼！

我甩了甩头，抛掉脑中乱七八糟的念头，开始思考如何出去。

我抬起头看了看洞穴入口，估摸离地面至少有三四米高，想爬上去基本是不可能的，于是我转身往洞穴深处看去。

这是一个很普通的地下洞穴，地面两旁的石柱组成了一个百米长廊，宛如水晶宫殿。细碎的石花一簇簇绽放在墙壁上，竟是我从来没有见过的品种。

就在我想上前仔细查看石花时，洞穴前方闪烁起了微弱的亮光。

我眨眨眼，往前走近了一些，发现那是一些发光的小虫子，随即我又后退了几步。

小叔叔说过，在地下生活的虫子大部分都带有毒素，不能贸然接近。

然而，我的后退并没有什么用，虫子们迅速把我围在了中间，我总觉得它们似乎想要吃掉我。

就在这个时候，一只蓝色的鸟儿直飞而来，惊得虫子们纷纷散开。鸟儿在我面前打转，随后再次飞进洞穴内部。

心扑通扑通直跳，我按着胸口，突然开始紧张起来，下意识地朝鸟儿离去的方向追去，全然忘记了小叔叔那些“不可以”的警告。

我沿着石柱长廊一直往前走，在快要走到底的时候，我被眼前的景象震撼了。

“天啊——”我忍不住惊呼出声，停下脚步。

眼前，笔直的石柱道路变成了美丽的紫水晶，头顶的墙壁是光彩夺目的白水晶，而道路尽头矗立着一根巨大的水晶柱，一位青年闭着眼睛安静地靠在上面。

青年一动不动，仿佛死去了一般，他的身上还缠绕着数十根黑色锁链。

吸引我前来的鸟儿落在青年的肩膀上，亲昵地亲吻着他的脸颊。

“你是为了他才把我带到这里来的吗？”我似在自言自语，又似在询问鸟儿。

随后，我慢慢地朝青年走去。等看清他安睡的容颜时，我不由得屏住了呼吸。

青年的五官非常漂亮，宛如阿波罗般俊美，头发是白色的，皮肤也十分白皙。

他睫毛浓密而卷翘，鼻梁高挺，轮廓棱角分明，像极了精致的人偶。不过许是待在地下的原因，他的唇色偏白。

“好漂亮啊……”我呆呆地看着青年，犯起了花痴。

想了想，我又小心翼翼地伸出手探向他的鼻端——

没有呼吸？难道……

我顿觉可惜。

第一章

异世中拯救大魔法师

至于为什么不害怕，那是因为我有个专门“考古”的小姨，跟着她见多了骷髅架，也就没什么感觉了。

青年的五官实在太过好看，我忍不住摸了摸他的脸颊。没想到竟然是软的，还很嫩滑！难道他死去没多久？

鉴于手感太好，我又捏了捏……

“我的脸好玩吗？”低沉的声音突然响起。

我吓了一跳，急忙缩回手道歉：“啊，对不起……”

咦？等一下！似乎哪里不对劲！

“你还活着？”我吃惊地瞪着青年，对上了一双浅蓝色的眼眸。

“我看着像死了吗？”青年轻笑，让人如沐春风。

“可是你刚才明明没有呼吸了啊！”我大惊失色，说道，“这不合理！你是怎么做到的？”

青年微微一愣，笑道：“这世界上没有魔法做不到的事情。”

“魔法？”我嗤笑了一声，“说什么傻话！这个世界上怎么可能会有魔法！”

青年打量着我，扑哧一声笑了出来，说：“哪儿来的有趣丫头！这世界什么都可以没有，唯有魔法是永不消失的。”

“你在胡说什么啊！”我纳闷地看着青年，喃喃道。随后忽然想起之前的奇怪遭遇，我不由得倒吸了一口凉气，问道：“这里是地球吗？”

“不是。”青年微微一笑，说，“这里是哈利法克斯大陆。”

“那你又是谁？”

“我是艾登·豪厄尔斯。”青年的眼睛弯成月牙儿，他问，“你又是谁呢，小丫头？”

“我才不小呢！我叫负千云，是个普通学生。”

艾登“哦”了一声，说：“千云，真是个动听的名字，也很适合你。”

“嗯……谢谢你的赞美。”被美男夸奖，我不禁有些害羞。

“千云。”

“嗯？”

“你知道吗？我一直在等你。”

“啊？”艾登突如其来的话让我一愣。

什么情况？他是要告白吗？

不对！我跟他这是第一次见面，告什么白！但是他的语气、他的表情……天啊，这不就是小说里经常描写的画面吗？

“你别说了，我，我不能答应你！虽然你很好看，但是我们毕竟才第一次见面……”我立马捂脸拒绝道。

“千云，你不愿意帮我离开这里吗？”艾登委屈地看着我，可怜兮兮的样子让我心生怜惜。

离开？原来不是告白啊！

我拍拍脸颊让自己冷静下来，说：“我可不会魔法，怎么帮你？”

“这个忙不需要魔法。”

“哦？”我眨眨眼睛，一个想法从脑海里冒了出来。我说：“我可以帮你，但是世上没有免费的午餐，你想要得到什么，总该付出些什么，对吧？”

“你说得没错。”艾登笑得有些玩味，他问，“那么，千云，你想得到些什么呢？”

“你是魔法师吧？你厉害吗？”我问。

“是，厉害。”艾登回答得非常干脆。

“那么收我为徒吧！”我紧张地抓住衣角，看着浅笑的艾登，说道，“实话告诉你，我并不属于哈利法克斯大陆，我来自一个与你们截然不同的世界，所以我在这里没有家人和朋友可以依靠。”顿了顿，我咽了下口水，继续说道，“在我帮助了你之后，我希望你能答应我，在我找到回家的办法前，能照顾我、保护我、信任我，不让别人伤害我！”

在我说完这一大段话后，艾登怔了怔，但随即反应过来，答道：“嗯，我艾登·豪厄尔斯以我的荣耀起誓，在你回到属于你的世界前，我会照顾你、保护你、信任你，绝不让别人伤害你！”

艾登说完，对着我温柔一笑。他的眼睛里仿佛盛满了阳光，令我微微眩晕。明明他的语气是那么平静，我的心却扑通扑通跳得厉害。

这种感觉，就像是他在对我进行爱的宣言。等我反应过来的时候，脸直发烫。

“那我要怎么做才能解开封印你的魔法呢？”我捂着发烫的脸颊，轻声问道。

艾登低头看着自己身上的锁链，声音平淡地说：“我身上的锁链名为锁魂。它封印住了我所有的魔法灵气，令我无法使用魔法。你只要替我解开这些锁链，自然就能解开封印魔法。”

“我明白了！我会尽力帮你解开这些锁链的！”说话间，我神色凝重地盯着艾登身上的锁链。

打量后我才发现锁链并不是我所熟悉的黑铁材质铸就，而是某种木料。它的造型非常独特，不是两条交缠捆绑的样式，而是单独的一条，很粗，上面还印有符文。我猜想，这种符文应该是这个世界的文字。

“喀喀，千云。”我看得正专注，艾登轻咳了一声，温柔地叫出我的名字。

我奇怪地抬头望向他，问：“怎么了，你不舒服吗？”

“不是。”艾登微微侧过头，耳垂隐隐泛红，说道，“你一直靠在我身上，这让我很不好意思。”

“啊，对不起！”我急忙后退几步低下头，脸上滚烫滚烫的。

刚才为了能更好地观察艾登身上的锁链，我几乎与他胸贴胸。天啊，我这人就这个毛病，一旦对什么东西上心了，就完全顾不上四周的情况了。

“不需要道歉，千云并没有做错什么。”艾登微笑地看着我，表情还是很温柔。

“我都让你不好意思了，还不是做错了啊……”我挠了挠脸颊。

“唉，傻丫头。”艾登轻叹一声。

“不许说我傻！”我伸出手捏了一下艾登柔软的脸颊，假装生气地说道。

“好，对不起，我以后绝不会再说你傻……”

第一章

异 世 中 拯 救 大 魔 法 师

艾登望着我的目光温柔得像月光，我不禁有些恍惚，似乎很久以前，也有一个人这么温柔地看着我……

我敲了敲有些疼痛的脑袋，突然间，脑海里好像闪过些什么。

是什么呢？

“千云，你怎么了？”艾登见我不说话，语气有些着急。

我摇了摇头，说：“我没事。”顿了顿，我有些狡黠地看着他，说，“那可就说好了，你以后要是再叫我傻丫头，我就捏你的脸！”

“好，都依你。”艾登有些哭笑不得。

跟艾登笑谈过后，我重新将注意力集中在他身上的锁链上。仔细观察后，我发现有一根特别细长的锁链从他身上一直延伸到我的右侧方。

“那边很危险。”艾登循着我的目光望过去，冷静地对我摇了摇头。

我扭头看着他，灿烂地一笑，说道：“不要小瞧我，我可不怕危险。”

说完，我快步走到一边的晶石堆旁，找出一根细长又尖锐的晶石用来做防卫的武器，然后扭头对艾登说道：“你等着，我很快就能解开你身上的封印。”

我沿着那条锁链延伸的方向往右走去，途经之处堆满了水晶石。水晶石散发出来的璀璨光华照在我身上，有一种冰凉刺骨的感觉，让人很不舒服。

我握紧手里的水晶石，绷紧身体，小心防御。虽然我在艾登面前表现得很轻松，但实际上内心十分紧张。

这里是未知的世界，出现什么可怕的情况都是有可能的。小叔叔说过，面对未知的事物时必须保持最高的敬畏与警惕！

走了几分钟，前面已经没有路了，全是形状各异的水晶石。而锁链还在往前延伸，似乎看不到尽头。

我深吸一口气，抬脚踩上了水晶石，然后用空出来的手抓住锁链，飞快地在水晶石上奔跑。

我常年进行“野外考察”的大舅说过，通过特殊的“路”，一定要做到一口气走完，因为一旦停下来就随时可能倒大霉！

又跑了十几秒，手里的锁链忽然消失了，我急忙停下脚步。

此刻，我身处一片紫色的光芒里，水晶石的光亮几乎闪瞎我的眼睛。

“负千云，别慌张！你要冷静下来！”我使劲拍拍脸颊，让自己不那么慌张。三姨说过，在特殊环境下，越是古怪的情况就越正常，相反越是正常的情况才越古怪。

那根锁链不可能凭空消失，它一定还在这个地方。而且艾登刚才也说了，这里很危险。那是哪种危险呢？

“嘻嘻嘻……”古怪的笑声突然在寂静的空间里响起。

“谁在那里！如果你以为我会被你的笑声吓到，那就大错特错了！本小姐可是被各种‘怪物’折腾大的，才不会怕你！快给我滚出来！”

“嘻嘻嘻……”笑声不断从四周传来，十分刺耳。

“别笑了！”我用手捂住耳朵大声喊道，“有本事出来啊！别躲躲藏藏！有本事给我出来！”

“千云。”笑声戛然而止，一个清亮的女声温柔地叫着我的名字。

听到这个声音，我仿若被雷击中，难以置信地转头看着背后那个人影，喊道：“小晴姐！”

我背后站着的是去世很久的堂姐负千晴。她与我从小一起长大且非常疼我，是我最喜欢的人。而今，她脸上的笑容还是那么熟悉。

我鼻子一酸，眼泪不受控制地掉了下来。我说：“小晴姐，真的是你吗？我好想你……”

“当然是我。千云，姐姐也很想你呢。”小晴姐走到我身边，擦掉我脸上的泪水，说，“都这么大的人了，可不能再这么爱哭了。”

“小晴姐，对不起……”我泪眼迷蒙地看着面前熟悉的脸孔，拼命道歉，只觉得胸口痛得快要不能呼吸了。

我永远也不会忘记小晴姐为了救我而失足掉下悬崖身亡的画面，那是我心里最深的痛。

“傻丫头，道什么歉，我这不是好好地站在你的面前吗？”小晴姐温柔地抚摸着我的脸，说，“只是，姐姐我一个人真的很孤独呢……所以，千云，你如果真的觉得对不起我，就来陪姐姐好不好……”

“陪……姐姐？”我打了个冷战，发觉自己的身体竟然不受控制了，只能呆呆地看着面前的小晴姐说道，“我要……陪着……小晴……姐姐。”

“嘻嘻嘻……真是个好孩子。”小晴姐的脸孔忽然扭曲起来，嘴里爆发出一阵尖锐的笑声。

“不要——”神志清醒，身体再次恢复自控力，我惊恐地推开了“小晴姐”，瞪着她说，“你不是小晴姐！这是幻觉吗？还是魔法？”

“我就是小晴姐——活在你心里的小晴姐呀。”小晴姐的面孔极度扭曲，笑嘻嘻的样子异常可怕。

活在我心里的小晴姐……我还以为自己已经走出那场意外带来的阴影，原来只是在自欺欺人。

我紧紧捂住胸口。艾登说的危险指的就是这个吧，如果我再软弱一点，恐怕刚才已经死在了这里！

“千云。”那只蓝色的鸟儿不知道什么时候飞到了我的肩膀上，艾登温柔的声音从鸟儿嘴里传出。

“艾登……”我压低了声音，实在不想让艾登听出我的哭腔。

“你哭了吗？”艾登的声音听起来有些模糊，但是很温柔，温柔得令我觉得安心。

“嗯……”我吸了吸鼻子，说，“你现在不是不能用魔法吗，怎么还能操控这只鸟儿？”

“这个并不需要魔法。这是跟我有契约关系的灵鸟，我们心灵相通，它看见的便是我看见的，我的声音便是它的声音。”艾登解释道。

“心灵相通啊……”我抚摸着肩膀上的鸟儿，呢喃道，“说得好像恋人一样。”

“怎么会是恋人。”艾登笑了，“千云，你面前的是噩魔兽，它能看透你的内心，再抓住你内心的软弱之处来蛊惑你，是非常卑鄙的魔兽。”

“所以小晴姐才会出现在我的面前？”我垂下眼帘，说道，“艾登，我现在该怎么做呢？我不会魔法，对付不了这只噩魔兽。”

艾登的声音突然变得意味深长，他说：“噩魔兽的力量其实非常弱小，对付它们并不需要魔法。它们最擅长的是制造幻觉，然而现在它制造的幻觉已经蛊惑不了你了。”

我扔下手里的水晶石，握了握拳头，冲噩魔兽嘿嘿笑了两声，说道：“那也就是说这只噩魔兽根本不堪一击喽？”

“是的，不堪一击。”艾登笑道。

听到我和艾登的对话，“小晴姐”露出一副惊恐的表情，她看着我和灵鸟，不断后退。

“你幻化成谁来蛊惑我不好，偏偏是小晴姐！你这样玷污我的小晴姐，看我不把你打得魂飞魄散！”我这些年跟着那些亲戚“上刀山下火海”可不是白费工夫，也算练就了一副好身板，不狠狠揍这只噩魔兽一顿，我难消心头怒火！

“嗷嗷嗷——”

嚎叫声响起。

片刻后，那只噩魔兽被我揍得现出了原形，可怜兮兮地躺在水晶石上，连哼都不敢哼了。

揍完噩魔兽后，我整个人神清气爽，心里的难过也消散了不少。这时，艾登那只灵鸟拍翅飞起。

灵鸟似乎在指引我，我随着它飞翔的方向望去，先前消失的锁链再次出现了！

我追上灵鸟，还没走几步，锁链的尽头便赫然入目。

那是一块巨大的白水晶，锁链深深地插入水晶内部，一张符咒般的白纸贴在水晶石内部的锁链上。

“找到了！”我三两步冲到水晶石旁，死死盯着水晶石内部的锁链，问道，“艾登，我是不是只要揭掉那张白纸就能解开封印你的魔法？”

“千云真聪明。”艾登轻笑道，但语气有些为难，“只是封印魔纸在水晶石内部，你要怎么揭掉它？”

“这点小问题难不倒我！”说罢，我从口袋里掏出一个圆柱形的东西，“让我用这个特制的无敌霹雳火炸开这块水晶石！”

“什么火？”艾登愣了一下。

“无敌霹雳火——我二叔特制的超级炸弹，具有防水效果！”我晃了晃手里的霹雳火，说，“我之前从二叔那里借过来研究的，一直忘了还回去，今天正好派上用场，幸运女神果然还是眷顾我的！”

“虽然不知道你在说什么，但是听起来很厉害的样子。你小心一点，可不要伤到了自己。”艾登苦笑了一声，叮嘱我。

“放心，我研究这玩意儿可不是一天两天了，不会伤到自己的！”说完，我拨开霹雳火上的开关，把它朝水晶石扔了过去，然后躲得远远的。

我二叔的霹雳火最厉害的地方就在于不需要点火就能爆炸，真的非常方便。

“砰——”

剧烈的震动过后，水晶石被炸得四分五裂，碎片满天飞。

我虽然躲得快，但还是被其中几块碎片割伤了手臂。我忍痛急忙来到被炸开的水晶石旁边。

水晶石的内部断裂开了，锁链也被炸裂了，唯独那张封印魔纸还完好无损。

我看了看封印魔纸，伸手就要揭掉它，突然脚底震动了一下。

第一章

异 世 中 拯 救 大 魔 法 师

什么情况？地震？不对，地震不是这种感觉。

“千云！”艾登的声音陡然一变，“快躲开！”

我来不及反应，只觉得有什么东西从身边擦过，脸颊顿时传来火辣辣的疼痛，我整个人也被撞倒在地。

“嗷呜——”

一声狼嚎响起，我抬头望去，却见眼前的生物根本不是狼。它大概有两米高，健壮的躯体上是厚厚的灰白色毛发，一颗硕大的脑袋上有四只眼睛，眼珠通红如血，四肢布满刀片。更奇怪的是，它背上竟有一双美丽的银白色翅膀。

我呆呆地坐在地上，一时间害怕得连逃跑都忘记了。

“千云！”艾登的声音很着急，“快把封印魔纸揭开，快！”

我闻言回过神，“嗯”了一声，急忙爬起来去揭那张白纸。但是那张白纸像沾了强力胶水般，怎么也揭不下来。

“艾登，这个揭不下来啊！”我很着急，拼命撕扯着那张白纸。

随着我剧烈的晃动，脸颊上的血滴落下来，刚好滴在白纸上。这时，意想不到的事发生了，沾上血的那一小块白纸居然逐渐化掉了！

“我的血……还有这种功效啊！”我目瞪口呆。

“千云，你果然……”艾登的声音听起来很高兴，但似乎又有点悲伤。

我来不及考虑艾登细微的情绪变化，急忙将脸上的血全部抹在了纸上。可是我那一点血根本不够涂满整张纸，于是我又将手臂上的血也抹了上去，可还是不够！

“嗷呜！”魔兽在一旁急躁地跺着脚，一副要往我这边冲过来的架势。

我咬咬牙决定拼了，拿起地上一块碎片狠狠地往手腕处一划，顿时鲜血直流。

“千云！”艾登吃惊地喊着我的名字。

我没有回应，专注地将手腕上的血抹在了白纸上，白纸终于全部化掉了。

然而还没等我松一口气，一阵风忽然刮来。我扭过头，见魔兽的利爪离我只有十几厘米远了，而我根本没能力躲开，只好害怕地闭上了眼睛。

“别怕！”千钧一发之际，我被揽入了一个温暖的怀抱，头顶传来艾登熟悉的声音。

我惊魂未定地睁开眼睛看向他。

艾登单手将我抱在怀里，另一只手轻轻松松就抵住了魔兽的爪子。而后他随手一挥，将魔兽击飞。

魔兽掉落到水晶石堆里后似乎昏厥了，没有了任何反应。

“艾，艾登。”被艾登抱着的我觉得很不好意思，低着头不敢看他。

“你没事吧？”艾登担心地看着我。

“没，没事！别担心我！”我急忙离开艾登的怀抱，紧张得有点口吃。

艾登温柔地轻触我脸上的伤口，语气轻柔地说：“脸上的伤很痛吧？你别动，我现在用魔法帮你处理一下。这样好看的脸要是留下疤痕就不好了。”

第一章

异 世 中 拯 救 大 魔 法 师

“不，不痛了……”我捂住胸口，只觉得心都要跳出来了。

“艾，艾登，怎么了？”

艾登处理完我脸上的伤口后，突然握住了我的手，眼睛一眨不眨地盯着我的手腕，这让我有些害羞。

“你这里也受伤了。”艾登指了指我刚才情急之下用碎片割开的伤口。虽然伤口现在已经不流血了，但看起来还挺严重的。

“这个不要紧的。”我怕艾登愧疚，急忙说道。

“抱歉，害得你受伤了。”艾登收起脸上的笑容，用深邃的目光看着我，眼里有一闪而过的疼惜。

“都说不要紧了。”我伸出手拍了拍艾登的脸颊，笑容灿烂地说道，“不要露出这样的表情，你还是笑起来最好看。”

“好。”艾登轻轻点了点头，对我露出了笑容，说道，“你手上的伤我现在就帮你治疗。”说完，他的指尖轻轻拂过我的伤口。

很快，我手臂跟手腕上的伤口就被艾登用魔法治愈了。

“你刚才不是说那个东西很好操作，是不会受伤的吗？”艾登笑道，“怎么还是不小心受伤了？”说完，他指了指我手臂上一个并不明显的小伤口，问道，“需要我帮你治疗一下吗？”

“这只是不小心造成的！”我急忙抽回手臂，说，“这一点伤口就不劳你动手了。你现在已经重获自由了，我们赶紧离开这里吧，省得又有其他魔兽找过来！”

“好，我现在就带你离开。”说着，艾登一把搂住我的腰，弯腰贴在我耳边说道，“我要用空间转换的魔法离开这里，你最好牢牢抱住我，要是不小心掉下去，那可是会丧命的。”

我被艾登说得有些害怕，忍住心里的羞涩紧紧抱住他，将头埋进他的怀里，闷声说道：“我这算是被你吃了豆腐，还是我吃了你豆腐？”

“你喜欢吃豆腐？”艾登并没有听懂我的话，有些奇怪地问道。

这个时候我才深刻地认识到，我与艾登是来自两个截然不同的世界的人。

我笑着回答：“是呀，我最喜欢吃豆腐了。”

“我知道城内一家味道很好的豆腐坊，等会儿带你去吃好吗？”艾登摸了摸我的脑袋，问道。

“好呀。”我欣喜地说道。

我很快就被艾登带离了那个地下洞穴，一片茂密葱郁的丛林出现在我面前。

丛林里生长着许多形状怪异、高大无比的树木。阳光从树叶缝隙间倾泻而下，在地上投下形状各异的图案，几只娇小的动物从我面前跑过。

“千云，你怎么不走了？”走在前面的艾登发现我一直没有动，扭头问道。

“我被它们吸引住了，走不动了。”我如实回答。职业病犯了，我根本没办法从眼前这些好看又新奇的动植物身上挪开目光。

“艾登，这是什么？真可爱。”我跑到艾登身边，指着不远处一只正在啃食树叶，模样有点像松鼠的动物问道。

“是迷迭鼠，一种素食无害的魔兽，它的眼泪可以制成神奇的魔法药水。”艾登答道。

“那这个呢？”我又指着树枝上一只形状奇特的灰白鸟儿问道。

“迷音鸟，歌喉动听的鸟儿。但是它的歌声容易令人入魔，也算是一种很危险的魔兽。不过它本身是无害的，而且胆子很小，并不会主动发起攻击。”艾登详细地对我解说。

“那这个又是什么？”我又指向身边一株形状怪异的红色花朵，问道。

“桉龄花。这花带有很强的毒性，非常危险，你绝对不可以碰它。”说着，艾登将我从桉龄花旁拉开，笑着看着我，问道，“你好像很喜欢这里？”

“我很喜欢大自然里的生物，它们让我感觉到什么是了不起！”我认真地回答。

“既然这样，那我们就走慢些。你慢慢看，有不懂的就问我，我都知道。”艾登眯眼笑道。

“好呀！谢谢你，艾登！”我兴高采烈地回答。

走出森林已经是一天后的事了。一路上，艾登很有耐心地陪着我在森林里闲逛，从来不会对我的问题表现出任何不耐烦，总是详细又温柔地帮我解答。因此，短短一天内，我已经对这个世界有了大概的了解。

“出了这里就是塞缪尔小镇了，到时候我给你买一些换洗的衣服。”艾登对我说道。

“嗯，那就麻烦你了。”我对着艾登甜甜一笑。

“艾登老师！”

忽然，急促的脚步声和呼唤声从森林出口传来。不一会儿，几个年轻男女便将艾登团团围住了，他们的表情非常激动。

“艾伯特？是你们！”艾登脸上的笑容淡了几分，他语气平静地对其中一个男生说道。

“艾登老师，我们都很担心你！”他们围着艾登七嘴八舌地说着话。

片刻后，其中一个人终于发现了旁边的我，尖叫一声说道：“你怎么会出现在这里？”

“这是千云，我的弟子，你们不许对她无礼。”艾登不动声色地将我护在身后，表情淡然地说道。

“艾登老师，她，她可是——”其中一个女生死死地盯着我，像是恨不得把我吃了一样。

“她不是。”艾登干脆地否认道。

“好了。大家有什么话等到了镇上再说吧，别堵在这里了。艾登也累了，你们先让他去镇上好好休息一下！”正僵持着，一个声音爽朗的男人从人群中走出来。

“雷，你回来了。”艾登见到那个男人后，冷淡的表情收敛了几分，露出一个笑容。

“好久不见，艾登。”叫雷的男人有着一张绝不输给艾登的精致脸庞，一双深褐色的眸子犹如宝石般闪耀。

第二章

人 魔 两 族 的 久 远 历 史

艾登与那个叫雷的男人寒暄了几句后，就把我拉到雷的面前介绍道：“雷，这是千云，我的新弟子。”

说完，他又指着雷对我介绍道：“这是雷·亨廷顿，我的好友，也是非常厉害的魔法师。”

“你好，雷先生。”我礼貌地对雷鞠了个躬。

“你好，小千云。”雷笑盈盈地看着我，他看起来是个很好相处的人。

“雷先生，你该劝劝艾登老师，她可是魔女！艾登老师怎么能收魔女做弟子呢！”人群中一个身材高挑、五官端正的女生站出来，冷冷地看着我说道。

“魔女？”我看着那个女生，皱了皱眉头，说道，“小姐，我跟你是第一次见面吧？有必要这样骂人吗？”

“萨布丽娜！”雷表情严肃地看着她，说，“你弄错了，小千云并不是魔族的人。”

“这怎么可能！她明明——”名叫萨布丽娜的女生指着我，表情充满疑惑。

看着眼前的手指，我突然有点生气，说道："你父母没有教过你不要用手指着别人吗？没礼貌！"

顿了顿，我把目光转向雷，问道："雷，魔族是什么？我很像他们中的一员吗？"

"你不知道魔族吗？"雷微微一愣，然后对我解释道，"魔族是人族的死敌，他们既可怕又残忍。"

"我看起来可怕吗？"我抽了抽嘴角。我这么善良无害的人竟然会被当成魔族，还有没有天理了！

"小千云，你当然不可怕啦，只是你身上有魔族非常显著的特征……"雷的目光落在我漆黑的长发上，说，"魔族的人天生拥有夜幕般漆黑的头发与眼眸。"顿了顿，他定定地看着我的瞳孔，说道，"不过就算是魔族也不会有你这么纯粹的黑眸。"

我被雷看得有点不自在，不自觉地别过了头。他最后一句话让我想起了一些讨厌的事情。

我们家族的人瞳孔都是棕色的，唯独我一人的瞳孔是如墨般漆黑的颜色，且颜色天生就比其他黑眸的人深，这让我觉得很难堪。

艾登见我不说话，以为我害怕，便伸手摸了摸我的头，安慰道："千云，你不要怕。虽然你拥有魔族的外表，但你并没有魔族与生俱来的魔力，你只是个普通的人类而已。"

我抬起头看着艾登，将心里的一丝不安说了出来："艾登，我不是怕，我只是突然想到，如果我的外貌真的酷似雷先生刚才说的魔族……那我身处你们人族的地盘，岂不是很危险？虽然我没有魔族的魔力，但光看外貌还是会被当成魔族对待吧……”

“小千云考虑得很周到。并不是所有的魔法师都能依靠魔力来分辨人与魔，更别说普通的人类了。要是真有哪个不长眼的家伙把小千云当成魔族抓起来可就不好了。”雷说完，有意无意地瞟了一眼萨布丽娜和那群人。

“雷先生！”萨布丽娜被雷明显的暗示话语气得满脸通红。

艾登思考了一下，看着我说道：“那我就帮你变个模样吧。”说完，他把手指抵在我的额头上，轻声念了一句我听不懂的咒语。

下一刻，我只觉得身体犹如被火灼烧般，刹那的痛楚过后，整个人感觉舒畅了不少——似乎有什么东西被注入了体内，令我觉得自己更强大了。

“这个颜色很适合小千云呢。”雷笑眯眯地说。

“什么颜色？”我一脸茫然。

“漂亮的阳光色。”雷目光深沉地看着我。

“金色吗？”我问，同时伸出手摸了摸自己的长发。

艾登怎么知道我最喜欢金色？

“是啊。”雷轻轻地点了点头。

我望向艾登，他没有说话，只是轻轻抚摸着我的长发，目光深邃。

他看着我的时候特别专注，像是望进了我的灵魂，又像是透过我在看别人……

这样的眼神，让我莫名地一阵心痛。

“艾登。”雷拍了拍一直盯着我发呆的艾登，说，“你这样看着小千云，她可是会害羞的。”

我看着雷，扑哧一声笑出来，说道：“我才不会害羞呢。”

顿了顿，我又问艾登：“你很喜欢金色吗？”

“是，我很喜欢。”艾登回答得很干脆。

雷想了想，对那几个人说道：“你们几个立马回城告诉亨利先生，艾登已经回来了，让他做好准备吧。”

“是，雷先生。”那几人回答后转身匆匆离开，往城镇奔去。

只是萨布丽娜似乎不甘心就这样离开艾登身边，走之前狠狠地瞪了我一眼。

“艾登，皇族的人已经蠢蠢欲动了，你这一次是怎么也躲不过了。”雷见那群人走远后，深深地叹了口气，表情悲悯地对艾登说。

艾登眺望着远处的城镇，面无表情地说道：“该来的总是要来。”

“是，该来的总是要来。”雷的眼神带着一丝无奈与悲伤。

我被这突如其来的沉闷气氛弄得有些不自在，也不知道该说些什么来调剂，只好沉默地看着他们不说话。

“咕噜——”

突然，我的肚子发出了极为响亮的叫声。

“什么声音？”雷问道。

“咕噜——咕噜——”

肚子拼命地叫着，我尴尬极了，不敢接话。

“听起来像肚子叫的声音。”艾登回答道。

我脸红地捂住肚子，对已经望向我的两人小声说道：“对不起，是我的肚子在叫……”

说起来从昨天到现在，我几乎什么也没有吃，怪不得肚子要发出抗议了。

艾登一脸愧疚地看着我，说：“抱歉，我都没有察觉到你饿着肚子。我现在就带你去镇上吃东西。”

“没关系的……”我急忙摆手。

“为了庆祝今天认识了小千云，这一顿就由我请客吧。”雷爽朗一笑。

“既然这样，那就不能随便应付了。”艾登瞥了一眼雷，然后问我：“千云，你喜欢吃甜食吗？”

“喜欢！尤其是巧克力！”我拼命点头。一想到黑巧克力的味道，我就感觉自己都要流口水了。

“罗斯金的甜点可是非常有名的，我想你一定会喜欢。”艾登笑盈盈地看着我。

雷哀号道：“那家贵得要命的罗斯金？喂！艾登，你是认真的吗？”

“你既然提出请客，当然要让千云吃最好的。”艾登笑得十分狡黠。

“那个……也不用那么好啦，随便吃点什么就行……”我怕雷为难，急忙拉住艾登的衣角说道。

“罗斯金就罗斯金，为了小千云，我豁出去了！”雷瞪了一眼艾登，然后拉起我的手腕，说，“走喽！去吃好吃的！”

他话音一落，我们瞬间就离开了森林出口，一下子出现在热闹的镇上。

“你的瞬移魔法厉害了不少。”艾登看着雷的表情带着赞叹。

“近期人魔战事多起来了，练习好瞬移魔法才能救出更多人。”雷抓了抓头发，有点惋惜地说道，“只是可惜我再怎么修炼也只能负载十人，不像你可以突破百人……”

“能负载十人已经很厉害了。”艾登微微一笑。

艾登与雷还在说话，我却被面前的景色吸引了全部的注意力。

充满欧式风情的城镇犹如美丽的油画一样，高低错落的建筑沿着街道延伸到远处，脚下的地面是由色彩斑斓的石块铺成的，石块上还刻有精致的花纹……

“母亲，那个姐姐穿得好奇怪呀。”

“艾薇儿！不要靠近她！”

“姐姐，你看那个人，她穿的是什么呀？真奇怪！”

“哎呀，不会是魔族派来的吧？”

“嘘——小声点！万一真的是坏人怎么办？”

几个路人停下脚步与身边的人叽叽喳喳地议论着我的穿着。虽然他们说得很小声，但我还是全部听到了。

我扯了扯身上的外套，发现自己的穿着还真是与这里格格不入，怪不得会被他们当成“怪家伙”！

“小千云，我看我还是先带你去换身衣服，再去罗斯金用餐吧？”雷显然也注意到了我的窘迫，小声提议道。

“不，我要先吃了甜点再去买衣服！”我摸了摸已经饿扁了的肚子，决定还是先吃饭。

“那些人爱看就看吧，我不会把他们的话放在心上的！现在还是吃饭最重要，我真的好饿啊！”我说道。

艾登对我说法表示赞同：“先吃饭。要是把胃饿坏了就不好了。”

“罗斯金就在前面，我们走吧。”雷见我和艾登都决定先吃饭，只好无奈地摇了摇头，领着我们走向赫赫有名的罗斯金。

“哇，好多甜点！”我站在罗斯金店门前，目光被大门旁边橱窗里摆放的甜品牢牢吸引住了。我整个人贴在橱窗上，看着柜子里精致可爱的甜点，就差没流口水了。

“好了，别贴在这里看了，我们进去吧。”雷哭笑不得地看着我，抓着我的胳膊把我拉进店铺。

一进入店里，空气里流动的甜味就让我忍不住想立马大吃一顿！

这家甜品店内部采用了清冷的蓝色为主色调，布置简单大气，桌椅非常精致。二楼的装饰风格独具一格，远远看上去非常漂亮。

“要不我们去二楼坐吧。”雷见我一直盯着二楼看，非常贴心地说道。

第二章

人魔两族的久远历史

“好呀。”我兴奋地点了点头，准备上二楼仔细看看。

“这位小姐请止步！”

但是我还没踏上楼梯，一个人就凭空出现把我拦住了。

我愣了愣，发现拦住我的人是一个陌生青年。他穿着墨绿色的长袍，胸前佩戴着一枚银色的徽章，长袍里面是华贵的白色服饰。

青年的五官端正秀气，一双绿色的眼眸像宝石一样漂亮。

“你拦我做什么？”我莫名其妙地看着青年。

“二楼已经被我家主人包下了，还请这位小姐在一楼品尝甜点。”青年冷冷地看着我，眼神里满是警告意味。

“包下来？”

看来哪个世界都有花钱如流水的富豪啊！

这样想着，我抬头望向二楼，想看看富豪长什么样子。没想到楼上有一个少女正朝我们望来。由于隔得远，我看不清她的面容，只能看到她有一双翠绿色的眼眸。

“艾登，那个人是……”雷的表情微变。

艾登拉住我的胳膊，淡淡地笑道：“千云，既然二楼已经有人包下了，我们就在一楼用餐吧。”

我敏锐地察觉到了艾登与雷的不对劲。看起来二楼那个人不简单啊！是贵族吗？

“好，那边靠窗的位子就不错。”我不想给艾登和雷添麻烦，随手指着临窗的座位说道。

“好，你们先去就坐，我去点餐。”雷笑眯眯地说。

我与艾登一起走到我刚才挑的位子旁，面对面坐下。

我伸了个懒腰看着他，说道：“艾登，哈利法克斯除了人族与魔族外，还有其他种族吗？你给我说说好不好？”

“哈利法克斯除了人族与魔族外，还有其他三大种族——精灵族、兽族、龙族。”艾登沉默片刻后，用几句话简单概括了下这个世界的种族情况，他说，“人族与魔族常年盘踞在哈利法克斯两个陆上大陆，分别是人族的布伦特帝国与魔族的阿尔瓦国。人族与魔族多年来硝烟不断。兽族依靠两族而存，精灵族独立世外，龙族隐匿世间。”

“人族与魔族为什么会有战争？是为了争夺地盘吗？”我疑惑地问道。按照电影里的情节，战争都是为了掠夺彼此的地盘。

“并不完全是。”艾登将目光移向窗外的景色，轻声问道：“千云，你们的世界有神吗？”

我摇了摇头：“没有。”

“在哈利法克斯，每一个种族都会诞生两名伟大的神，即为男神、女神。他们应天地而生，体内蕴藏着强大无比的神力，再强大的魔法师都抵抗不了他们的神力。两位神会保护自己的种族，同时也会与其他种族的神签订协议，互不侵犯。所以千百年来，五个种族才能和平共存。”艾登语气平静地将神的存在娓娓道来。

“可是人族与魔族开战了……”我心里一惊，问道：“是人族的神与魔族的神出了问题吗？”

第二章

人魔两族的久远历史

“千云真聪明。”艾登的目光落在我的脸上，脸上带着一丝淡漠的笑容说道，“百年前，魔族的男神不知道为什么杀死了人族的女神。而人族的男神为了复仇，杀死了魔族的女神。而后，两族的男神都失踪了，再也没有人见过他们。从那时起，人族与魔族的关系就破裂了，从此战争不断。”

“看起来人族与魔族的仇恨挺深的啊。”听完这段历史后，我充分明白了那群人见到我的样子后为什么会如此厌恶了。还好艾登给我改变了头发与眼睛的颜色。

“除非神能回来阻止，否则两族的战争永远也不会停止。”艾登轻叹一声。

“可是人族与魔族的女神都已经死了，不可能回来阻止这一切。”不知道为什么，提到这两位女神，我心里竟然有点难过。

“女神是死了，但两位男神还活着啊！”

雷突然从旁插话，把我吓了一跳。

“可是两位男神互相杀死了对方的女神，怎么可能会让自己的种族与敌对的仇人和好呢？”我看着不知道什么时候回来的雷，烦恼地说道。

“除非有人能证明那两位女神根本不是男神杀的，要不然，人族与魔族永远都不会放弃对彼此的仇恨。”艾登似笑非笑地看着我与雷，我第一次听到他用那么冷漠的语气说话。

“这可难了。”雷笑着在艾登旁边坐下，说道，“事情过去那么久了，现在谁还愿意去回顾呢？再说两族虽然都失去了彼此的神，但是复仇的怒火使他们变得更加强大了，强大到连其他三族也奈何不了。”

“如果两位女神看到现在的情况一定会伤心吧。”我盯着窗外人来人往的热闹景象，脱口说道。

“可惜，她们永远也看不到了。”雷的声音很低沉。

我还在为两位女神惋惜时，一个高挑的少女端着盘子缓缓地走了过来。

她将盘子里的甜品放在我们面前的桌子上，一一介绍道：“三位客人好。这是你们点的蝴蝶酥、咖啡松饼、木瓜慕思、黑森林蛋糕、干果派，以及雪顶沁饮品——柠乐饮品、金橘果茶。请问可有遗漏些什么吗？”

“没有遗漏。不过我好像没有点蝴蝶酥这道点心……”雷抬起头看着少女，笑容里带着一丝困惑。

少女却因为雷的笑容红了脸，她小声对雷说道：“这，这是我送给雷先生的，请，请不要客气。”说完，少女捂住脸匆匆走开了，连盘子都忘了拿走。

“雷先生，你还真受欢迎呢。”我对着雷调笑道。

“我哪里受欢迎了，你是没见过女孩子们缠着艾登的情形。”雷有些夸张地对我笑了笑。

艾登挖了一勺蛋糕塞进雷嘴里，说道：“好好吃，少说话。”

我看着艾登俊美的容颜，心里突然有点不是滋味，说道：“艾登长得这么好看，受欢迎是肯定的。”

艾登瞟了我一眼，咳嗽了一声，说：“受欢迎可不是我所希望的，那实在很折磨人。”

“被人喜欢还不好啊？”我瞟了艾登一眼，有些不满地说道。

“不是我喜欢的人，再喜欢我又有什么用？我又不会喜欢她们。”艾登对我一笑，笑容带着浅浅的伤感。

我因为艾登的话，心里震动了一下，一时间不知道该怎么回答。

“好了，甜品都上来了，你们不要光顾着说话，先吃吧。小千云，这个黑森林蛋糕味道好极了，你尝尝。”雷笑着把黑森林蛋糕推到我的面前，轻而易举地化解了刚才僵硬的气氛。

我看着面前的黑森林蛋糕，松软的蛋糕上覆盖着浓郁的黑巧克力，看起来十分诱人。我咽了咽口水，迫不及待地吃了一口蛋糕。

“好吃！”味道苦涩夹杂着甜蜜，比我以前吃过的所有巧克力蛋糕都要美味。

“味道的确不错。”艾登与雷也分别吃了一小口，见我很喜欢这道甜品，他们干脆全部让给了我。

十几分钟后，桌面的甜点被我席卷一空。我摸了摸圆滚滚的肚子，心满意足地端起桌上的金橘果茶喝了一口，酸酸的味道冲淡了嘴里的甜味，我忍不住又喝了两口。

雷目瞪口呆地看着我，说：“小千云，你肯定是饿坏了吧，要不我再给你点几份吧？”

“不用了，她已经吃饱了。”艾登拿出怀里的手帕擦了擦我嘴角的蛋糕屑，说道。

我有些不好意思地看着艾登。

“你去结账吧，我带她去买些生活用品。”说完，艾登不等雷做出反应，就把我拉了起来走出店铺。

“喂！你这就把我抛下了！”雷在背后远远地喊道。

“不用跟雷先生一起吗？”我回头望向雷，问道。

“你很想跟他在一起？”艾登轻笑一声，我却忍不住打了个冷战。

“没，没有……”我乖乖扭过头看着前面的道路，不再去管可怜兮兮的雷。

“跟我来。”艾登握住我的手，转身绕进了一条狭小的巷子。

我跟着艾登七拐八弯地走了很久，终于在一家看起来有点破旧的店铺前停了下来。

艾登敲响店铺的大门，大门“啪”的一声自动打开了。

“看起来我们来得正是时候。”艾登对我笑道。

我一脸莫名其妙地跟着他走进店铺，顿时惊讶得睁大了眼睛。

这个店铺外面看起来破破烂烂的，里面却十分精致豪华。五颜六色的铃铛悬挂在半空中，随着开门时吹进来的风舞动，发出清脆的声音。墙壁上镶嵌着五彩斑斓的宝石，耀眼无比……

我低头看了一眼脚下，发现地板竟然是用一整块玉石铺成的。这也太奢侈了吧！

第二章

人魔两族的久远历史

“马歇尔·林塞。”艾登来到柜台旁，对着无人的屋内喊道。

“来了——”

稚嫩的应答声从高大的柜台下响起，随即，一个小小的孩童跳到了柜台上。他说道：“哎哟，这不是艾登吗？这么久没来还以为你死在哪个地方了呢！”

“你这小鬼，怎么长着胡子？真好玩。”

这个叫马歇尔的男孩大概七八岁，五官很秀气，嘴唇周围却长了一圈白色胡子，实在又好笑又怪异。

“哪儿来的小丫头！”马歇尔听到我的话，瞪了我一眼，说道。

“你的魔法又失败了？”艾登倒是习以为常般看着马歇尔怪异的模样，微笑着询问。

“唉！别提了！”马歇尔苦着脸对艾登挥挥手，一副十足的老头模样。

“千云，这是马歇尔，是个非常有冒险精神的魔法师。”艾登指着马歇尔，对我介绍道。

“感觉出来了。”我笑眯眯地看着面前垂头丧气的马歇尔，觉得他挺有趣的。

马歇尔皱眉看着微笑的艾登，问道：“你是来拿货的吗？”

“是。”艾登笑着答道。

马歇尔听到后却古怪地看了我一眼，长长地“哦”了一声，然后转身跳下了柜台，一眨眼就不见了。

我一时搞不清艾登的意思，问道：“不是说给我买合适的衣服吗？这里是服装店吗？”

“是要给你买衣服，等一下你就知道了。”

“我对衣服没什么讲究，能穿就行。”我不想给艾登添麻烦，希望他不要费心为我置办服饰。

“来来来！”马歇尔抱着一堆服饰突然出现在我和艾登的面前。他笑眯眯地看着我们，然后将手里的衣服用力一扔。

“喂！”我被他的举动吓了一跳，却发现那堆衣服犹如被隐形的手托住一般，稳稳地飘在空中。

艾登朝衣服堆扫了两眼，眼里带着浓浓的笑意对我说道：“这些你喜欢吗？”

我睁大眼睛去看悬浮在空中的服饰。每件衣服都非常精致，款式类似十七八世纪欧洲贵族的衣裙，只是这些更利于行动，花纹也更加素雅。

“喜欢！我很喜欢！”我觉得这些衣服根本就是为我量身定做的，不仅尺码看着合适，连花纹都是我最喜欢的。

“这个空间戒指给你。”艾登从怀里掏出一枚银色戒指放在我的手心。

我看着手里的空间戒指，眼睛一亮，说道：“传说中的空间戒指！这个要怎么用呢？”

“将你的血融进去，它自然就能为你开启。”艾登简单地解释道。

闻言，我咬破指尖，将一滴鲜血滴在戒指上。

第二章

人 魔 两 族 的 久 远 历 史

刹那间，面前的房间与艾登都不见了，我出现在一个宽敞得几乎没有边界的空间里。

“扑通！”心脏忽然剧烈地跳动了一下，我的头也特别痛，与此同时，有一些画面从我的脑海中飞快地闪过。我感觉闪过的画面很重要，却怎么也抓不住它们，这让我非常焦躁。

“千云。”艾登突然握住了我的手腕，问道：“你怎么了？”

我眨了眨眼睛，发现自己已经从那个奇怪的空间里出来了，艾登正站在我面前，有些担忧地看着我。

“没，没事！”我对着他摇摇头，有些不安地说道：“艾登，我不能要这枚戒指，这么好的东西给我可惜了！”

“它属于你不可惜。”艾登拿起戒指替我戴在了右手小指上。

令我诧异的是，这个戒指的尺寸跟我的小指完全契合。

“你看它多适合你。”艾登点了点我小指上的戒指，笑眯眯地说道。

我摸着戒指，心里一时有些茫然。

“我教你戒指的使用魔法，你好好记住。”说着，艾登便在我耳边念了两句咒语，我很快就学会了。

我现学现用，利用艾登刚才教的使用魔法，把那些服饰全部收进了空间戒指里。而后艾登便带我离开了这家店铺。

临走前，马歇尔莫名其妙地对我说了一句“真正的战争要开始了”，却被艾登拍了一巴掌。

后来，艾登又带我买了一些其他生活用品，甚至还贴心地找来了一个叫艾薇儿的少女陪我去买女性的贴身用品。

一切购置完毕，艾薇儿带我来到了一栋恢宏的建筑前。进入建筑后，她把我带到了二楼的一个房间。

房间很大，墙面都是用玉石铺贴而成的，地面的材质似乎是水晶石。中间摆放着一张大床，床上用品粉粉嫩嫩的……

在我参观时，艾薇儿贴心地帮我给浴缸放满了水，并告诉我艾登很快就会回来，让我不要担心。做完这一切后，她就离开了。

我泡在舒适的热水里，只觉得一天的疲劳都被洗掉了。泡着泡着，我有点犯困了……

“千云？”

好像是艾登的声音？

“千云，你在里面吗？”

真的是艾登的声音！

我吓得一激灵睁开眼睛，透过磨砂玻璃门看见浴室门口站着一个人。

“我在，我在！”我急忙回应道，生怕艾登下一秒就会推门而入。

“你不会是在里面睡着了吧？”艾登问。

“泡澡太舒服，不小心睡着了……”我手忙脚乱地从浴缸里出来，拿起毛巾把身体擦干，套上新买的睡裙走了出去。

艾登看着我身上穿的睡裙，表情似乎怔了怔。

第二章

人魔两族的久远历史

我转了一圈，问艾登："你看，这是我跟艾薇儿一起挑的睡裙，好看吗？我今天可是对这条裙子一见钟情。"

"好看，很适合你。"艾登随手挑起我湿漉漉的发尾，温柔一笑。

我的脸直发烫，说道："我要睡觉了。艾登，晚安。"

"晚安。"艾登摸了摸我的头，转身离开了。

等房门关上后，我呼了口气，奔向大床。

这两天发生了很多事情，对于我来说就像做梦一样，但是能遇到艾登真是太好了。

抱着这样美好的想法，我很快就沉沉睡去。

接下来的一段时间，艾登变得非常忙碌，我很难见到他。但他托雷给我讲解这个世界的一些情况，同时也拿了很多魔法书供我学习。

在和雷的交谈中，我更深入地了解了这个世界的情况。

原来人族分为很多阶级，皇族、贵族、平民，甚至还有奴隶。魔法师也是有等级的，最厉害的是大魔法师——艾登就是大魔法师，以下依次是高级、中级、初级魔法师。

期间，我将小曼的情况告诉了艾登，他答应帮我一起找她。

今天，我本来准备与雷一起出门去城外的森林考察。这段时间我与雷的关系变得非常好，现在的他对我而言，是我在这个世界里仅次于艾登的重要伙伴。

不过等我按约定时间到达城门外时，发现雷并没有在那里，取而代之的是许久不见的艾登。

“艾登！”我惊喜地看着面前的艾登，喊道。

“雷临时有事，我陪你去好吗？”艾登满脸笑容地看着我。

“好！”许久未见，我觉得艾登似乎瘦了一些，不过精神看起来仍然很好。

“我带你去个有趣的地方。”艾登握住我的手腕，使用瞬移魔法把我带离了城门。

眨眼间，我被艾登带到了一个陌生的地方。

“哇！好高！”

我与艾登站在一处很高的悬崖上，前后左右并没有任何可以通行的路，仿佛全世界只剩下了这个地方与我们。

我抬头看着离自己非常近的碧蓝天空，简直要陶醉在这美丽的画面里。

“我第一次离天空这么近！好美啊！”我感叹道。

“还有更美的，你往前看。”艾登指着前方，看向我的眼眸里仿佛装满了整个星空。

看着艾登的眼睛，我的心扑通狂跳，感觉自己就要溺死在他温柔的目光里。

我捂住胸口，心慌地往艾登指的方向看去——

一大片瀑布从云层上徐徐流淌下来，淡紫色的光圈飞散在水花中，飞溅的水光形成了一幅炫目的画面……

“天啊！美得像梦境！”我捂住脸颊，激动得几乎说不出话来了。

第二章

人 魔 两 族 的 久 远 历 史

“来，我让你更近地看看。”说完，艾登牵起我的手三两步跑出了悬崖。

我吓了一跳，紧紧闭上了眼睛。

“别怕。”艾登的声音还是那么平稳。

我睁开眼睛，发现自己并没有掉下去，而是被艾登牵着手漫步在空中。这个画面让我想起了《哈尔的移动城堡》里哈尔与苏菲那浪漫的一幕。

思及此，我的脸骤然发烫。

我与艾登又不是恋人，怎么可能是哈尔与苏菲呢！

“这也是魔法吗？”我最近学习的魔法中，似乎没有可以行走在空中的。

“是，只属于你我的魔法。”艾登用深邃的目光看着我，眸子里仿佛蕴藏着万千光芒。

“只属于我跟你？”我被艾登有些暧昧的话弄得脸更烫了。

“来。”艾登牵着我来到那巨大的瀑布前。

近距离观看从天而落的瀑布果然更震撼。不过由于离得太近，我的衣服被飞溅的水花打湿了。

不知道艾登又使了什么魔法隔离了飞溅的水，因此他并没有被打湿。看着我全身湿淋淋的模样，他扑哧一笑。

“太狡猾了，只有我一个人被打湿！”看着艾登，我突然生出了一个坏主意，牵着他直接往瀑布里跳去。

“等一下——”艾登还未说完的话卡在了喉咙里。

我与艾登被急速的水流从空中一路往下冲，过急的水势让我几乎喘不过气来，同时我也意识到自己做了件多么愚蠢的事。

忽然，艾登拥住了我，同时使用魔法隔离水流，让我得以顺畅地呼吸。

“我们会掉到哪里去？”下坠的势头不减，我苦着脸问艾登。

“地的尽头。”艾登抱紧了我，贴在我耳边说道，“我们回去吧，再往下掉可就麻烦了。”

他的话刚说完，我们就回到了城门口。

“小千云、艾登！”雷似乎刚从城外回来，见到我们站在城门口，他吃惊地问道：“你们这是掉进水里了吗？怎么湿成这样？”

我与艾登大眼瞪小眼，看着湿漉漉的对方，同时笑出声来。

“你们笑什么？”雷一脸莫名其妙地看着我们。

“没什么，我们回去吧。”我一手拉着艾登，一手拉着雷，高高兴兴地进入了城内。

又过了几天，艾登似乎没有之前那么忙碌了，经常会亲自来教我一些魔法。他告诉我虽然我不是这里的人，但是我的体内蕴藏着不少魔法力量，所以很容易就能学会这个世界的魔法。

艾登偶尔也会赠送一些小礼物给我，而且每次送的东西都十分符合我的喜好。

他竟然这么了解我，真是不可思议！

第二章

人 魔 两 族 的 久 远 历 史

与艾登相处得越久，我就越看不透他。艾登一直对我很好，但是我发现他对别人异常冷淡，丝毫没有跟我相处时的温柔。

他为什么会对我这么好呢？是因为一开始的诺言吗？还是因为有点喜欢我？一这样想，我的心就会扑通扑通直跳。艾登他……到底是怎么看待我的呢？

“你想什么呢？又走神了。”雷轻轻地敲了敲我的头，笑盈盈地说道。

我不好意思地看着他，说：“我只是在想，艾登是怎么看我的。”

“艾登当然是把你当成重要的朋友看待。我很少看到他对别人那么好呢。”雷浅浅地笑道，“但我可不是把小千云当成好友看待的哦……”

我被雷的话惊得一愣，有些委屈地问道：“你不把我当朋友看，那把我当什么？”

“我把小千云……”

“雷先生！”忽然，门被艾薇儿从外推开，她表情急切地看着雷说道，“艾登先生请您过去一下！”

“出什么事了？”雷诧异地看着艾薇儿。

“皇族的人来了！”艾薇儿的表情有些惊惧。

闻言，雷表情一变，立马站了起来往外走，边走边头也不回地对我说道：“小千云，你待在房间里哪儿也别去，我和艾登等会儿就来找你。”

虽然雷的话是这么说的，但是等我见到他与艾登时，已经是第二天了。

艾登神色平静地看着我说道：“皇族的人让我去人族与魔族的交界处抵抗魔族，把失去的地界抢回来。”

我心里一惊：“艾登，无论你去哪里，我都要陪着你！”

不是会，是要。

艾登轻轻地点了点头，说道：“抱歉，我真不该让你看到那些画面。”

我知道艾登指的是战争，于是轻松一笑，说：“不要小看我！我不会怕的！”

“小千云，把东西准备好，我们要出发了。”站在艾登旁边的雷苦笑了一声，说道。

“好！”

第三章

战　争　前　线　处　动　人　心　意

人族与魔族的交界地位于两族地域的边缘地带，那里有座叫拜伦的小镇，属隶属人族管辖，是个远离人烟且非常荒凉的地方。

“小千云，你看，这里就是拜伦了。”雷将我从马车上扶下来，对我介绍道。

我望过去，见面前是广阔到几乎没有尽头的沙漠，远处飞扬的黄沙中隐约现出一处破落的城镇，几个赤裸着身体在沙漠中行走的人依稀可见。

雷见我脸色不太好，有些担心地问道：“小千云，你看起来有点糟糕，没事吧？”

我靠在马车旁有气无力地对雷摆了摆手，说道：“没事，我就是马车坐得太久，头有点发晕。”

因为路途遥远，艾登他们不可能利用瞬移魔法来到拜伦，所以选择了马车作为代步工具。

这个“马”跟我认知中的马完全不一样，除了外形相似，其余完全无关。它是一种可以飞且速度非常快的代步魔兽。坐在马车里被它带起来跑的那一刻，我瞬间晕车了。这真不是普通人可以承受的速度！

第三章

战 争 前 线 处 动 人 心 意

情况紧急，飞马不知疲倦地跑了一天一夜。

我坐在马车里，吃也吃不下，睡又睡不着，但又不好意思让艾登他们为我停下来。

艾登用温暖的手抚摸着我的额头，说道："你看起来很累，我让雷带你下去好好休息一下吧。"

我"嗯"了一声，由着雷用瞬移魔法将我带到一栋陌生的建筑前。

我面前的这栋建筑虽然是四周房屋里比较阔气的，但也只是栋两层高的房子，与之前在塞缪尔小镇住的那栋房子简直是天差地别，而且这栋房子外围的石头已经开始风化，感觉随时会倒塌。

雷扶着我进入了房子。房子内部很简陋，一眼看过去几乎没有什么像样的家具。两个男人正坐在右侧的木桌旁说话，其中一个男人见到雷后，吓得立马站了起来。

"雷大人！"那个男人慌张地喊道。

"罗文。"雷对那个男人和善地笑了笑，说道，"我身边这位女士有点不舒服，楼上有干净的房间给她休息吗？"

罗文急忙点头，说道："有的！我先去准备一下，雷大人稍等！"

说完，男人转身上了二楼。

而剩下的那个青年只是静静地坐在那里看着雷，并不主动搭话。

我瞟了一眼，发觉这个青年有点眼熟。

"是那天在罗斯金拦我的那个家伙！"我对雷小声说道。

雷看到青年，表情变得有点古怪。他问我："小千云，你看到他胸前的徽章了吗？那个徽章代表着他是皇族骑士。你以后看见佩戴这种徽章的人要躲得远远的，皇族骑士的背后是绝对不能惹的势力。”

我了然地点了点头，说道：“你的话我记住了。”

沉默了一下，我又问道：“既然这个人是皇族骑士，那么他们保卫的人肯定也是皇族的重要人员吧？既然他现在出现在这里，那是不是说明这里有皇族的重要人员？”

雷轻轻一笑，说道：“小千云可真聪明，怪不得艾登那么喜欢你。”

我的脸微微发烫，没有回话。

艾登喜欢我吗？但是，这种喜欢到底是哪种喜欢呢？

我正纠结时，那个叫罗文的男人急匆匆地从二楼下来了，他一脸敬畏地对雷说道：“雷大人，我已经给这位小姐整理好了房间，请你们跟我一起上楼吧。”

雷对罗文点了点头，说：“那还真是麻烦你了。”说着，他便扶着我，跟在罗文身后一起上了二楼。

二楼总共有四个房间。罗文给我准备的是走廊尽头的一个房间，这个房间对面也有一个房间，只是那个房间外挂了一个小巧的银色雕像，看样子似乎是有人住了。

雷看到那个雕像，表情一怔，对罗文说道：“住在那个房间里的难道是……”

“是，是的！”罗文有些畏惧地看了一眼那个房间，点点头。

“怎么了？”我诧异地看着神色很不好的雷，有些担心地问道。

第三章

战　争　前　线　处　动　人　心　意

“没事。”雷对我灿烂地一笑，将所有的担忧都藏进了笑容里。

我跟着罗文进入了他给我安排的那个房间。

房间不大，布局也非常简单，就一张床、一张桌子，还有一个小小的独立浴室。

“环境是不能跟塞缪尔那栋房子比的，委屈你了。”雷环视了一遍屋内的摆设后，有些不好意思地对我说道。

“没什么委屈的，这里已经比我想象的好多了。”我看了一眼房间，心里还是很满意的，因为内部看上去实在是比外部好多了。

我伸了个懒腰，看着雷说道：“你一定还有很多事情要忙，快点去吧。我待在这里，不会乱跑的。看到艾登的时候记得跟他说一声我已经好多了，让他别担心。”

“好，那你好好休息吧，我先走了。”雷揉了揉我的头发，帮我关上房门，就与罗文一起离开了。

他们离开后，我倒在硬邦邦的木床上，闭上眼睛准备好好睡一觉。可我刚睡了没几秒，就被对面房间里传出的巨响惊醒了。

我揉了揉眼睛从床上爬起来，准备去看看发生了什么事，房门却在这时被人“砰”的一声撞开了。

“就是你吧，那个缠着艾登的厚脸皮的女人！”一个清亮的女声从门外传了进来。

我抬头看去，发现门口站着两个少女。一个是之前在塞缪尔看我非常不顺眼的艾登的学生之一萨布丽娜，另一个我不认识，但是她长得很漂亮，尤其是一双绿色的眼睛令人印象深刻……

我心里咯噔了一下，这双眼睛我见过，是当初包下二楼的那个富豪……不，不是富豪，她是皇族的人，是绝对不能惹的对象！

我理了理皱巴巴的衣服，表情平静地看着门口的萨布丽娜和那个陌生的少女，说道："这位骂人的小姐，我们认识吗？一上来就说人厚脸皮，请问你自己脸皮不厚吗？"

"你！"少女没想到我会直接反驳她，一时间气红了脸，说不出话来。

"大胆！竟敢对米娅公主无礼！"萨布丽娜趾高气扬地看着我。

"米娅……"我愣了愣。

没想到眼前的人竟然是布伦特帝国皇族第一继承人米娅·迪莉娅。不久前我才听雷说起过她，她是一位高傲又没有人性的公主！因为她非常痴迷艾登，所以也经常给艾登带来麻烦……

"大胆！竟然直呼公主名字！"萨布丽娜呵斥了我一声。

我平复心里的怒气，态度恭敬地对米娅说道："尊敬的米娅公主，请原谅我的无礼。"

"我命令你离开艾登！"米娅指着我，高傲地说道。

"公主殿下，请恕我不能遵从您的命令。"我不亢不卑地看着米娅，说道，"艾登曾经对我起过誓，会保护我、信任我，不让任何人伤害我。所以，只要还在他的承诺期内，我就绝对不会离开他。"

再说，离开了艾登，我在这个陌生的世界里怎么活啊？当然了，这句话我是不可能跟米娅说的。

“什么！”米娅与萨布丽娜同时吃惊地喊了出来。

“艾登竟然对你起这样的重誓？”米娅死死地盯着我，满脸怨毒，“为什么！难道他真的如传言中的那样喜欢你吗？”

“米娅公主，我想您应该是误会了，他对我起誓只是因为我救了他。”我平静地回答道。

我跟在艾登身边的事，已经被那么多人知道了吗？这到底是什么情况？

“我不管是出于什么原因，总之，我不允许你待在艾登身边！”米娅妒忌地看着我。如果目光能杀人的话，我大概已经被她的目光杀死了。

“我说了，我不会离开艾登。”我态度平静，再次回答道。

“你竟然违抗我的命令，我——”米娅冲到我面前，伸出手就要朝我挥来。

就在我准备抵抗的时候，艾登瞬间出现在我面前，牢牢握住了米娅的手腕。

他低头看着米娅，脸上是淡淡的笑容。他说：“米娅，你答应过我两年内不会对别人动手的，才过去多久，你就忘了？”

“艾登！”米娅眼眶一红，扑进了艾登的怀里，“我好想你呀！”

米娅抬起头委屈地看着艾登，说道：“我没有忘记，是这个贱民对我无礼，我气急了才动手的！”

艾登将米娅推出怀抱，与她保持一定距离。而后他扭头看我，用眼神示意我不要冲动。

“千云，既然惹米娅生气了，就好好给她道个歉。”艾登对我说。

我知道艾登是为了保护我才让我向米娅服软，如果我意气用事惹恼了米娅，到时候恐怕艾登也护不住我。

我忍下心里那团怒火，露出一个谦卑的笑容，对米娅说道：“米娅公主，让您动气了真是非常抱歉，请原谅我的无礼！”说到最后，我紧紧握住了拳头。

“哼！”米娅不屑地看着我，“贱民就是贱民！”

我长长地呼了口气。千云啊千云，你可千万不要动怒，不可以给艾登和雷带来麻烦！

“艾登，我们好久没见面了，走，我带你去看看我新收的一些宝物！”米娅贪恋地看着艾登俊美的容颜，说道。

艾登看了我一眼，眼里有淡淡的关切。

我没事，去吧。我无声地说给艾登听。

果然他眼睛一亮，显然听明白了，脸上带着放心的笑容，对我轻轻点了点头，然后跟着米娅离开了。

米娅一走，我脸上的笑容就冷了下来。

没有离开的萨布丽娜一脸得意地看着我，说道：“别以为艾登先生护着你，你就可以为所欲为！看看你刚才的样子，真是卑贱！”

我冷冷地看着萨布丽娜，虽然我得让着米娅，但是我可不需要让着她。

第三章

战 争 前 线 处 动 人 心 意

“你怎么还不走？”我冷笑道。

“看见你这么卑贱的模样，我当然要留下来好好欣赏啊！”萨布丽娜看着我，笑得花枝乱颤。

“前几天学了个魔法，今天刚好可以试一试。萨布丽娜小姐，我先谢谢你给我亲身试验这个攻击魔法的机会。”说完，我晃了晃脖子上的魔法媒介水晶石，快速念了一个魔法咒语。

咒语结束的同时，萨布丽娜的笑声戛然而止。她惊恐地看着身体周围迅速燃烧起来的火焰，一时忘了反应。直到红艳的火舌一点点吞噬了她的发尾与衣角，她才狂叫着跑出了门外，彻底消失在我面前。

我被萨布丽娜的样子逗笑了，心里的不快总算消散了一些。

亏萨布丽娜还是魔法师呢，作为初学者，我的那个魔法只能维持几秒钟，根本伤不到她，她竟然会害怕成那样，真是没用！

我再次躺在床上准备睡觉，这一次终于没有人吵我了。

过了几天，艾登与雷离开了拜伦，去了前方的战争营地，投身与魔族的对抗中，很少回来与我见面。而那个讨厌的公主也不见了，这样再也没有人来找我麻烦。

一周后，我开始有点厌倦被他们安置在安全的拜伦无所事事，因此我让罗文带我去前方军队的营地里。我不想再这么既无聊又满怀担忧地等着他们了，我的魔法也许能帮到他们。

罗文对我的纠缠无计可施，被我烦了两天，终于答应带我去前方的营地。

我跟着罗文坐着马车在沙漠里颠簸了一阵后，终于看到了数十个搭建起来的白色帐篷，其中一个帐篷旁插着一面锦旗，上面的徽章我认识，是布伦特帝国的国徽。

“小千云！”一进入营地，我就看见了正在给伤员疗伤的雷，他吃惊地看着我，放下手里的东西，立马来到我的身边，“这里很危险！你不该来的！”

“雷，我不是小孩子，我能照顾好自己。”我严肃地看着雷。

“可是这里……”

“雷先生，他怕是不行了！请你快救救他！”

一个急促的声音打断了雷的劝解，与此同时，两个士兵抬着一个浑身是血的士兵来到雷的身边。

我只看了一眼那个奄奄一息的士兵，就别过了头，不忍再看。士兵身上几乎没有一处完好的地方，连脸上都满是伤痕。

“风的痕迹？是他。”雷沉吟了一声，随即对着受伤的士兵念了两个魔法咒语。淡蓝色的光点迅速融入士兵受伤的躯体，不一会儿，他身上的伤就被治愈了。

“好厉害！”我赞赏地看着雷。

雷不愧是布伦特帝国最厉害的治愈魔法师，也是仅次于艾登的高级魔法师。说起来，治疗魔法，艾登真的不如雷。也不知道这是为什么，明明他其他魔法都那么厉害。

我正思索着，这时好几个士兵扶着其他伤员走了过来，而雷也再次投入治疗中，专注又认真地为伤员疗伤。

看到这一幕，我心里突然有了个想法，一个可以让自己名正言顺地留在军营的想法。

一直忙到夕阳西下，雷总算把源源不断送来的伤员都治好了，他自己却累得站都站不起来，只好坐在沙地上休息。

“雷，辛苦啦！”我弯腰看着雷，笑容诚恳地说道。

“小千云，你还没回去啊？”雷擦了擦脸上的汗水，抬头看着我。

“我不回去。”我顺势在雷身边坐了下来，“你教我治疗魔法，我来做你的助手帮你好不好？”

“艾登是不会同意你留在这里的。”雷没有回答我的问题，而是目光深沉地看着远处的夕阳。

“我会说服他的。”我恳求地看着雷说，“你答应我好吗？”

雷轻轻地叹了口气，目光温柔地看着我说：“我怎么会忍心拒绝你呢。如果你能说服艾登，我就答应让你留下做我的助手。”

“谢谢你，雷！”我高兴地抱住了雷。

“你们在做什么？”

艾登的声音猛然响起。

我抬头望去，艾登正站在我和雷的面前，他表情淡然地看着我们。

“艾登！”我高兴地站起来扑进艾登的怀里。

“千云……”艾登明显愣了一下，不过并没有推开我。

“我已经跟雷说好了，我要留下来跟他学习治疗魔法，当他的助手来帮助这些受伤的士兵。”我放开艾登，兴奋地说道。

“你不能待在这里。”艾登干脆地否定了我。

“为什么？”没想到艾登会拒绝，我一时间愣在了那里。

“这里很危险，你待在这里不安全。”艾登淡淡地说道。

“我能保护好自己！”我看着艾登，有些不高兴地说道。

怎么又是这个说辞！真是的！我这么大的人了，难道还照顾不好自己吗？

“千云，回去吧。”艾登抓住我的肩膀，严肃地对我说道。

“我不要！”我深吸一口气，恳切地看着他说道，“艾登，你不是说会相信我吗？我真的可以照顾好自己，也绝对不会给你们添麻烦，你就让我留下来吧！我宁愿在这里帮你们，也不愿待在拜伦没日没夜地担心你们！”

闻言，艾登的表情变了，他终于露出我熟悉的笑容。他说：“真是拿你没办法……我可以让你留下来，但是你必须答应我不可以私自离开营地，更不能去交战的地方！”

“我答应你！”我郑重地对艾登点了点头。

“雷，去安排一下千云的住处。”艾登吩咐着已经从地上站起来的雷。

“好咧！”雷拍了拍裤子上的沙土，对着艾登狡黠一笑，说道，“干脆就让小千云睡我的帐篷吧……”

第三章

战争前线处动人心意

话音未落，他就被艾登用魔法火焰烧掉了半边衣角。

“喂！开玩笑的啦！”雷急忙用魔法灭掉了自己衣服上的火。

“雷，把我休息的帐篷安排在你的帐篷旁边吧，这样我平时也好找你学习治疗魔法。”我想了想，说道。

“好。”雷爽朗一笑后，转身走进了营地深处。

“艾登，你的帐篷在哪里？”

“雷的旁边。”艾登看了我一眼。

“那我就能天天见到你了，真好。”我笑容灿烂地对艾登说道。

“傻丫头。”艾登伸出手揉了揉我的头发。

“啊！说好了不许叫我傻丫头！看我怎么惩罚你！”说完，我伸出手用力揉了揉艾登的脸。

而艾登只是微笑地看着我。

接下来的一段时间，我每天都过得非常忙碌，一边跟雷学习，一边开始给受伤的士兵治疗，很多时候我忙得连饭也没时间吃上一口。

但是我很喜欢这样忙碌的生活，尤其是看到受伤的人慢慢恢复，看到他们感激的面容，我就格外满足。有时候我甚至会觉得，让这群人幸福就是我应该做的事。

这天，我捧着雷最新配制出来的药水，准备去给几个中了毒的士兵解毒，没想到在附近一个帐篷看到了艾登与米娅！

我就说怎么在拜伦见不到米娅，原来她追着艾登来到了这里！

我不自觉地停下了脚步，看着远处聊天的两人。因为隔得有些远，我听不清他们在说什么，只是觉得他们聊得很高兴。

米娅满脸笑容地说着什么，说着说着，她忽然激动地扑进了艾登的怀里。

这一幕让我顿觉无比刺眼，我终于忍不住走上前发出了声音：“艾登，好巧呀！”

“千云，真巧。”艾登把米娅从怀里推开，将视线转向我，笑了笑说道，“你好像瘦了些，最近很辛苦吧？”

“虽然辛苦，但我自己倒是很满意这样忙碌的生活……”我尽量无视米娅要吃人般的目光，笑眯眯地对艾登说道。

“又是你！负千云！”米娅一见到我，脸上的笑容就消失不见了，她怒气冲冲地走到我身边，指着我说道，“不是让你别缠着艾登了吗？”

“米娅公主。”我后退了一步，表情淡然地看着她说，“我想怎么对艾登是我的事，公主您管不着。”

“贱民！”米娅怒骂了一句，伸手把我用力往后一推。

我猝不及防，手里的药罐失手砸落在地摔碎了，淡黄色的药水缓缓融进暗黄色的沙地里……

“你疯了吗？”火气顿时就上来了，我怒不可遏地推了米娅一把，也不再使用尊称，大声说道，“这些药水是雷熬了一晚上好不容易才配制出来的！你知道它们有多难配制吗？而且还有病患在等着这个解毒！现在全部泡汤了！”

“你敢推我！”米娅被我推得一愣，难以置信地看着我。

“你竟然为了几罐破药水推我！”她大吼。

“我不仅敢推你，我还要打你，你信不信！”说着，我挥了挥手想吓唬吓唬米娅，但我刚伸出手做出挥打的动作，手腕就被艾登紧紧握住了。

“千云，不可以对米娅无礼。”艾登看着我，表情冷淡地说道。

“到底是谁无礼了！”我对着艾登冷冷一笑，甩开了他的手，心里突然觉得很不是滋味。

“艾登！你看她，态度如此恶劣，推了我还敢打我！从来没有人敢打我！”米娅委屈地抱住艾登，嘤嘤哭泣道。

我看着抱住艾登的米娅，心里的火气更加旺盛，严肃地说道：“米娅公主，我还没有打你呢。你还真会睁着眼睛说瞎话！”

“你竟然还敢骂本殿下！我要把你关进大牢！我要把你烧死！”米娅怒斥道，双眼通红地盯着我。

我心里一惊。

没想到米娅会这么残忍！她果然是个疯子！

我干脆横到底，反正现在道歉也来不及了，还不如好好吓吓这位公主。

“公主殿下，恐怕现在你的骑士们来不及听你的命令关押我吧。与其被你关押，不如我现在就把你解决了，看谁还敢动我！”说完，我阴森地冲她笑了笑，一副真的要动手的样子。

“你，你敢！”米娅吓了一跳，紧紧贴在艾登的身边。

“你看我敢不敢！”我作势要念魔法咒语给她点颜色看看。

“千云，不要闹了。”艾登用从来没有过的冷漠语气对我说道，“向米娅道歉。”

“凭什么！”我不敢相信地看着艾登，大声说，“我没有错！我不！”

“道歉！”艾登只是冷冷地看着我，语气冷漠极了。

我鼻子一酸，心里像是被针扎过似的一阵一阵地痛。

艾登这么做真的是为了保护我吗？看起来，他只是单纯地因为我对米娅动手而生气！说不定他根本就是喜欢米娅！人家可是公主，我算什么？

我死死咬住嘴唇，忍住满腹的委屈决定妥协。

“对不起，米娅公主。”

“这算什么，一点诚意都没有！”米娅并不满意我的道歉，挑刺道。

“对不起！”我恶狠狠地瞪了米娅一眼，又大声地说了一遍，然后不再管她和艾登的反应，转身就跑。

我拼命往前跑，猝不及防地与迎面而来的雷撞在了一起，我们都摔倒在地。

“这不是小千云吗？急急忙忙的是怎么了？”雷从地上站起来后伸出手就要拉我起来。

我没有握住雷伸过来的手，而是自己摇摇晃晃地站了起来，而后呆呆地看着他，眼泪决堤而出。

第三章

战 争 前 线 处 动 人 心 意

“这是怎么了？是不是谁欺负你了？小千云你别哭，别哭！我帮你讨回公道！”雷手忙脚乱地拿出手帕，帮我擦拭脸上的泪，语气着急地说道。

我抓住雷的衣角，哽咽地说道：“没，没人欺负我……雷，对不起……你熬了一晚上配制出来的药水被我不小心洒掉了……对不起……那些中毒的病患要怎么办……”

“药水没了我再重新配制就是了，那些中毒的病患暂时不会有事的，你不要担心，不要哭了好吗？”雷揉了揉我的头发，带着安抚的笑容看着我。

我对雷点了点头，然后伸出手用力地擦掉了脸上的泪水，忽然又觉得很不好意思。

“是米娅对你做了什么吗？”雷担忧地看着我。

我沉默着没有回答，心里惆怅地想着，米娅不过是导火线罢了，真正让我难过的是艾登的反应，他还说什么不会让别人伤害我。

“你不要再难过了。下次米娅要是再来为难你，你就告诉我。我虽然没有与皇族抗衡的地位，但是我有可以保护你的魔法。再怎么说，我也是这个国家仅次于艾登的高级魔法师啊！”雷目光灼灼地看着我，眼睛里是我从来没有见过的深情与郑重。

雷的话让我心里大大地震动了一下，也让我惊喜得无法言喻。我真的没有想到，雷可以为我做到这个地步，明明我们只是朋友……

仔细想想，这段时间与雷相处时，他总是不厌其烦地教我治疗魔法，也会耐心地陪我去沙漠考察，就算忙碌的时候，他也不会忘记提醒我吃饭，而他自己却总是忘记……

想到这里，我又一阵恍惚。

这些事，很久以前都是艾登陪着我做的，而现在的艾登眼里恐怕只有那个米娅了吧！

我心跳加速，对着雷灿烂一笑说道：“谢谢你，雷。”或许，我内心深处对雷真的有不同的情感呢……

“小千云还是笑起来好看，以后可别哭了。”雷温柔地对我笑着，伸出手捏了捏我的脸颊。

“嗯！”我重重地点了点头说道，“我以后不会再哭了。”

这件事情过去后，艾登虽然来找过我几次，但是都被我以各种理由避开了。我明白，就算艾登当初的做法没错，但我内心终究还是无法原谅他。他与米娅亲密相处的画面就像刺一样，硬生生地扎进我的心里，怎么也拔不掉。

这天下午，我与雷正在外面一起晾晒新鲜的药材，一盆凉水忽然从头顶倒下，将我淋了个透心凉。

“千云！你没事吧？”雷第一时间反应过来，连忙要拿自己的衣服给我披上，“是控制与瞬移魔法！可恶！我现在就去把那个浑蛋抓过来好好审问！”

第三章

战 争 前 线 处 动 人 心 意

我拉住愤怒的雷，摇了摇头说：“不用了，我没事的。”

自从那天后，米娅就命令效忠于皇家的魔法师来对我使绊子。而我必须要忍，一定要忍！更不能让雷因为我而得罪米娅！

“可这已经是这个月的第三次了，我们不能再这么退缩下去了！”雷一脸怒气地说道，“我们把这件事告诉艾登吧！他一定有办法……”

“不要！我的事情不需要他操心！”我冷冷地打断雷。

“小千云。”雷愣了愣，小心翼翼地问道，“你是不是跟艾登吵架了？”

“没有。”我别过头，说道，“总之，你不要告诉艾登，也不要为我出头……”

我的话还没说完，雷突然把我搂住，轻轻地说道：“对不起，小千云……我什么也不能为你做。”说完，他放开了我。

我怔怔的，脸瞬间红了。

“好了，你快去把衣服换掉吧，我等会儿还要教你配药呢。”

“嗯。”

随后的几天，米娅的恶作剧越来越过分。就在我快要忍受不住的时候，她的那些恶作剧却突然停止了。

然后有一天，我被艾登拦在了我的帐篷门口。

“干什么？我很忙，别挡着我。”我看了一眼艾登，表情冷淡地说道。

“你还在生气？”艾登轻轻地笑道。

“我有什么好生气的！”我冷哼一声，语气有点酸酸的。

“你快去陪着你的米娅公主吧，省得她又来找我麻烦。说实话，其实你也是喜欢她的吧？”我赌气地说。

“还说没有生气，表情那么凶。”艾登的笑容暗淡下来，眼眸里有我看不懂的悲伤，“我不喜欢米娅，永远也不会……”

我没想到艾登会否定得如此干脆，只好沉默地看着他。

“我知道你还在气我那天没有护着你，可是如果我那天真的护着你，你觉得依米娅的性格，她会怎么对付你？”艾登冷静地问我。

“她一定会杀死我。”我脱口而出。

按照米娅的性格，艾登越维护我，她就会越恨我，到时候就算她没有命令她的骑士杀死我，也一定会做出很多疯狂的事来折磨我。

我叹了口气，突然觉得这段时间与艾登赌气的行为简直愚蠢极了。

“对不起，艾登。我应该明白的，米娅是这个帝国未来的女王，你怎么能为了我与整个帝国为敌呢？是我太不可理喻了，没有考虑你的心情与想法，对不起。”

“千云，你没有错，不要道歉。错的是我，因为我曾答应过你不会让任何人伤害你，可我还是让你受了那么多委屈。”艾登深深地看着我，目光充满柔情，令人心动。

“如果有一天米娅真的要杀你，那么为了你与整个帝国为敌又有何妨？”

艾登的语气明明十分平静，一字一句却犹如火焰般瞬间灼烧了我的耳朵和心脏。

“欺负你的那个魔法师，我已经让他再也使不了魔法了。所以，千云，你愿意原谅我吗？原谅我没有及时保护好你？”艾登满脸愧意地看着我说。

我看着艾登，心里又高兴又担忧。高兴的是他并不喜欢米娅，而且也没有不管我；担心的是他动了米娅的人，恐怕会惹来大麻烦。

我伸手抱住艾登，笑道：“傻瓜！我原谅你了。”

艾登见我笑了，浅浅地笑着说：“谢谢你，千云。”

我与艾登和好后，雷很为我们高兴，但是他高兴的同时似乎又有些失落。

艾登给我送来很多有用的书籍，让我不用天天缠着雷问东问西，并且他也开始陪我去沙漠里采集珍贵的药草，以前这些事都是雷陪我去做。

而且我发觉艾登似乎比之前更加爱陪着我了。不过因为他时时刻刻的陪伴，我与雷相处的时间也大大减少，这导致雷与艾登之间产生了一种微妙的气氛。

“千云小姐！”

这天，我正坐在帐篷外的地上翻阅膝盖上的书籍，突然，一个陌生的声音在头顶响起。

我诧异地抬头望去，是一个陌生的士兵。

“雷先生让您拿解毒的药水过去给他。”士兵说道。

我急忙放下手里的书，转身走进帐篷拿了几罐解毒药水。

“雷与伤员在哪里？”我走到士兵身边问道。

“请跟我来，我带您去。”士兵面无表情地说道。

“好的。”

我没有多想，拿着药罐跟着士兵一路走出了营地。

在沙漠里走了一会儿，我突然觉得有些不对劲。虽然我之前也曾好几次跟着雷离开营地去为沙漠里的其他士兵治疗，可都是在营地前不远的地方，并没有走出艾登设置的魔法屏障的保护范围。而现在这个士兵不仅带我走出了魔法屏障范围，还正往两族交战的边缘地带走去！

我越想越觉得可疑，不禁停下了脚步。

那个士兵见我停下来，表情忽然变得十分狰狞，他举起手里的长枪就朝我刺来。

我吓了一跳，用手里的药罐挡了一下。药罐被刺碎，我趁机念了一个能困住别人的魔法咒语，然后转身往回跑。

我拼命地跑，因为我知道自己的魔法不能困住那个士兵太久。

但不知怎么回事，我本来是沿原路跑回去的，却一路跑进了边缘地带。

边缘地带并不是沙漠，而是一个黑漆漆的焦土世界，地面上长着一些骇人的绿色植物，我听艾登说过这块区域是非常危险的。

就在这时，我听到不远处有脚步声。我以为是那个士兵追来了，急忙在一处石堆里藏了起来。

“这次的计划要是失败了，你们是知道王的脾气的！”

这是一个很粗鲁的声音，并不是那个士兵。

我有些诧异地悄悄抬头看去，看到了一个虎背熊腰的黑发男人。

我吓了一跳，是魔族！

“放心吧，这次一定会让兽族那群家伙乖乖听话的。”男人身边那个五官秀气的青年冷冷地说道。

“说起来……最近王身边的那个少女是怎么回事？从来没见过王对哪个女孩这么好！”青年身边身材妖娆、五官美艳的女人似乎很生气。

“你这是吃醋吗？真是难看！”青年冷冷地瞟了一眼女人。

“你说什么！”女人表情一变，抽出了腰间的鞭子，喊道：“卡尔，想打架吗？”

名叫卡尔的青年表情淡淡的，似乎并没有把女人放在眼里。“达芙妮，你会为你的决定付出惨烈的代价的。”卡尔说。

“哼！现在说这种话还太早！”达芙妮不屑地冷笑道。

“卡尔、达芙妮！你们这是干什么！跟自己人打起来算怎么回事！”黑发男人阻止两人。

“哼！”达芙妮收回鞭子，说道，“那个叫露丝的小丫头就交给我吧。”说完，她身影一闪，人就不见了。

“真是蠢女人，兽族的防卫哪有那么容易突破。”卡尔看着达芙妮离开的方向，冷哼了一声。

“那可未必，别忘了那个家伙可是站在我们这边的！哈哈哈！”黑发男人说完，就与卡尔一起消失了。

我身上冒出了冷汗。

我似乎听到了一个惊天秘密。

不行！我必须立马告诉艾登！

我正要站起来回去找艾登，却发现先前追我的士兵已经来到我的面前，而他手里的长枪也对着我刺了过来。

第四章

妖乱之城获意外惊喜

“千云，后退！”

耳边的声音刚响起，艾登已经出现在我面前，稳稳地替我挡住了那个士兵的长枪。随后，他轻声念出一句魔法咒语，燃起火焰将那个士兵击倒在地，士兵倒地后立马昏了过去。

“艾，艾登。”我从惊吓中回过神，紧紧拽住艾登的衣角，心中满是后怕。

艾登难得地露出慌张的神情，检查后见我无恙，才松了口气，说道：“千云，还好你没事，要不然……”他没有说下去，只是表情冷得几乎可以冻死人。

“艾登，那个人要杀我！可我不认识这个家伙啊，更别说得罪他了！”我指着被艾登击倒的士兵说，表情带着一丝惶恐。

艾登深沉的目光在地上昏过去的士兵身上转了一圈，说道：“这个人只是‘刀子’，真正要你命的人是握住这把刀的人。”

我怔了怔，倒吸了一口凉气，脱口说道：“是米娅！这里除了她还有谁那么想要我死！”

第四章

妖乱之城获意外惊喜

我就说最近怎么这么平静，原来真正的杀招在这里！

艾登听到我的话后表情变了，眼里犹如飘起了纷纷扬扬的飞雪，片刻后飞雪又融为平静的水，让人看不出一丝情绪。

我的心情也一下子忧虑起来。如果米娅真的想要我的性命，就算是身为大魔法师的艾登也未必能与身为一国公主的米娅对抗。而且我也实在不能再给艾登添麻烦了。

如果我离开他，米娅对我的仇视是不是就能化解？可是没有了艾登，我将在这个世界举步维艰……

我抓住艾登有些凉的手腕，用颤抖的语气说道："艾登，如果我离开了你，米娅或许会放过我……所以……"

艾登惊讶地看着我，皱了皱眉，说道："不要说傻话。我艾登起过誓要保护的人怎么能离开我身边？"

我没有想到艾登会这么坚定地遵守承诺，心里又是欣慰又是感动。

"我们先回去吧。"艾登反握住我的手腕，念出瞬移咒语，下一秒我们就出现在了我的帐篷门口。

站稳后，艾登看着我说道："你刚才受了不小的惊吓，好好休息一下。我会替你解决好这件事情的，你不要再害怕了。"

"好，那我进去躺一会儿。你自己也要小心，千万不要为了我惹怒米娅。"我点了点头说道，心里还是很担忧。

"我会注意的。"说完，艾登就离开了。

我轻轻叹了口气，掀开帐篷的门帘走了进去。

躺在床上，我细细回想着之前发生过的事。等脑海中的画面回播到某个节点的时候，我突然一个激灵，说道：“不对！我还没有把今天遇到魔族的事告诉艾登呢！”

我连忙掀开被子急急忙忙准备走出帐篷找艾登，却碰到了焦急地冲进来的雷。

“小千云！”雷冲到我的面前后握住我的肩膀，把我上下左右看了个遍，表情紧张极了。

“虽然听艾登说你没事了，但我还是放心不下……”雷说。

看样子艾登把我遇刺的事情告诉了雷，看他这么紧张，我心里有些过意不去。我拍了拍雷的肩膀，尽量一脸轻松地说道：“我没事了，看把你紧张的！”

雷表情愤怒地看着我，一副完全忍不下去的样子说道：“你已经对她那么忍让了，没想到她还是想要你的命！实在是太过分了！”

我担心雷会为了我冲动行事，急忙拉住他的手腕，说道：“雷，你冷静一点。毕竟我现在没事，你也不能把她怎么样。再说了，她到底是一国的公主、未来的女王，你得罪了她，那就等于得罪了整个王国。”

雷重重地叹了口气，说道：“她这次失败了，下次肯定会派来更厉害的家伙夺你性命……你不可能每次都侥幸躲过去的！”

雷所说的正是我心中最担忧的。按照米娅的性格，她肯定会不达目的不罢休。至于艾登所说的“解决”，我担心会把事情推向更糟糕的境地……

第四章

妖乱之城获意外惊喜

“小千云，我可以和艾登先把你藏在一个安全的地方，躲过米娅的追杀，等这边的战事结束，我们再带你寻找你的同伴，不再与皇族的人纠缠……”雷思考了片刻，对我说道。

“这是个好办法。只是，躲得了一时，躲不了一世。”我皱了皱眉，无奈地说道，“只要米娅还恋慕着艾登，我就永远不可能躲掉她的追杀。就算你们以后不再与皇族有纠葛，他们也未必会甘愿放弃你们。”

闻言，雷苦恼地看着我，说道：“你说得也对，我们的能力的确令皇族难以舍弃。不过话说回来，你与艾登又不是恋人，米娅根本没有必要如此憎恨你啊。”

雷的话顿时击中了我的内心——我与艾登的确不是恋人，那为什么米娅会这么恨我呢？还是她听信了别人什么话，误以为艾登喜欢我，所以才起了妒忌之心，想要杀死我？

“她恐怕是听信了别人的话，误会了我与艾登的关系，所以才一心置我于死地！”思绪渐明，我恍然大悟。

真正要我命的或许并不是米娅！

“你的意思是……真正想要杀你的人并不是米娅？”雷也反应过来。

我投以眼神，表示肯定。

但是，是谁想要我的性命呢？我来到这个世界不过短短几个月，在这期间也没接触过什么人，不可能得罪谁啊！硬要说得罪的话，那也只有米娅而已……

雷神色不定地看着我，说道：“我们必须把这个情况告诉艾登，这已经不是你我可以解决得了的了。”

我同意地点了点头。这个时候除了依靠艾登外，也没有其他办法了。

“我们去找艾登吧。”我看着雷说道，突然想到了之前遇到魔族的事，补充道，“我刚好也有其他事情要告诉他。”

雷跟我一起走出帐篷。见我表情古怪，他忍不住问道：“什么事情？”

“我之前在两族地域边缘的交战处遇到了魔族的人，听到了一些他们的计划……我想应该是不利于人族的，所以想告诉艾登一声。”

我将遇到魔族的情况告诉了雷，毕竟他与艾登一样也是人族里比较厉害的魔法师，说不定他知道些什么。

雷听了我的话，表情一沉，说道：“小千云，你把详情跟我说说。”

我很少看到雷这么郑重的表情，就将魔族那几个人的对话一字不落地告诉了他。

雷听完后，沉默了好一会儿。

我有些不安地问道：“真的是很严重的事情吗？”

雷犹豫了一下，说道：“那几个魔族我并不认识，只是那个叫露丝的女孩我倒是知道，她是兽族领主的女儿。”

“兽族领主的女儿？是很厉害的家伙吗？”我并不是很了解兽族的情况，有些茫然地问道。

“并不是。”雷笑着摇了摇头，说道，“露丝不过是个小丫头而已，真正厉害的是她的父亲。”

第四章

妖 乱 之 城 获 意 外 惊 喜

我满脸好奇地问："我不是很了解兽族，听说他们与精灵族都是大自然的宠儿，你跟我说说他们的情况吧。"

雷轻轻地"嗯"了一声，说："兽族与精灵族都是大自然孕育而生的种族，所以他们比人族与魔族更热爱自然，不愿被拘束在城镇之中。兽族拥有精灵族无法比拟的力量，而精灵族的智慧要远远高出兽族……"

我觉得很奇怪，问道："所有的生命不都是大自然孕育出来的吗……按照你的说法，人族与魔族不是大自然孕育出来的？"

雷扑哧一笑，说道："当然不是，你怎么会问这种三岁小孩子都清楚的问题？"

我大吃一惊，问道："那人族与魔族是怎么诞生的？"

雷奇怪地看了我一眼，对我解释道："传说中，人族与魔族的先祖是神用一块神奇的灵石创造而生。迎着光芒而生的是人族，顺着黑暗而存的是魔族。这也是为什么两族除了头发与瞳孔的颜色以外会长得如此相像的原因。"

"从石头里蹦出来的……"我听得目瞪口呆。

"不是石头，是灵石。而且也不是蹦出来的，是神创造出来的。"雷一本正经地纠正我。

我呼了口气，说："先不说这个了。你再跟我说说兽族的领主又是什么样的吧。"

雷的神色有些暗沉，他说："兽族的领主是兽族的领头之人，是兽族的王。"

我表情一变，说道："魔族那群人要抓兽族领主的女儿，难道是想要挑起与兽族的战争？"

"我想并不是这样的，魔族已经与人族打得不可开交了，他们不会那么愚蠢再引起与兽族的战争。再说兽族的人虽然不多，但是他们个个都很彪悍，是非常不好对付的一群家伙，魔族不会引火烧身的。"雷摇了摇头，否决了我的想法。

看样子事情的确很麻烦，无论魔族是出于什么目的去抓兽族领主的女儿，肯定都不是好事。

"我们必须阻止魔族的阴谋。"我对雷说道。

"这是当然了。"雷点点头。

我与雷一边说一边去寻找艾登，很快就在米娅的帐篷前看到了艾登和米娅。

见到我，米娅脸上闪过一丝吃惊与愤恨，似乎恨不得来到我面前扇我两巴掌。

"艾登！"我与雷同时叫出艾登的名字。

艾登回头看了我与雷一眼，问道："你们神色不好，出什么事了？"

雷靠近艾登，轻声说道："这里不方便说话。"说完，他有意无意地瞟了一眼米娅与她身边的青年骑士。

我记得艾登告诉过我，这个青年叫肖恩。

艾登会意，随即对米娅说道："我还有些事情要先离开，殿下就请自便吧。"说完，他便转身跟着我们离开。

第四章

妖　乱　之　城　获　意　外　惊　喜

刚走了两步，艾登忽然又停了下来，回头看着米娅，表情淡然地说道："刚才的话，我希望米娅你能记住，这是我最后一次提醒你。"

米娅听到艾登的话，红着眼睛看着他，死死地咬住下唇不说话。

"负千云！"我还没走几步，米娅就在背后叫出了我的名字，语气非常怨毒。

我转头看着她，面无表情地对她说道："米娅公主，请问有什么事情吗？"

"你以为这样我就会放弃了吗？做梦！"米娅看着我冷笑道。

我看着米娅，叹了口气，说道："别说我不是艾登的恋人，就算是，你又能怎么样呢？找人杀了我，强迫他爱你吗？别犯傻了，如果你真的杀了我，他只会恨你，恨不得杀了你，永远也不会爱你。"

米娅被我说得一愣，突然发狂般大喊道："闭嘴，你这个贱民！艾登他才不会恨我！"

"我不知道艾登会不会，不过如果有一天有人要杀我的爱人，我是绝对不会放过那个家伙的。"

说完，我不再管米娅有什么激烈的反应，拉着艾登与雷一起离开了。

我们在一个僻静的地方停下来。

艾登问得很直接："有什么不好的事情你们就直说吧。"

雷瞟了我一眼，见我同意后就将从我这里获知的情况一字不差地告诉了艾登，顺带还加上了几句自己的想法与猜测。

艾登听完雷的一大段话后，沉默了一下，说道："人族与魔族的战争僵持了很久，魔族怕是已经不耐烦了。而兽族对两族一直保持着暧昧态度，魔族想要获得兽族的支持已经不是一天两天的事了。”

雷表情凝重地说道：“所以魔族抓走露丝是为了威胁兽族，利用他们的力量来对付人族？”

艾登微微点了点头，说道：“现在也只能这么想了。”

“那我们现在该怎么办？要把这些事情告诉皇族，让他们解决吗？”我问道，同时又觉得心里没底。

“不能告诉皇族。”艾登与雷异口同声地回答道。

“为什么？”我诧异地望着他们。

“我们得先弄清楚魔族的目的才能告诉皇族，如果就这样汇报给皇族，恐怕会打草惊蛇。你说是吧，艾登？”雷说着说着就把目光转到了艾登身上。

“是。”艾登也同意雷的说法，“我们先弄清楚魔族的目的，再作打算。”

见他们都这么说，我自然没有反对意见。

我犹豫了一下说道：“可是你们现在必须镇守在这里与魔族对抗，没有办法去追查这件事情啊。”

雷却爽朗地一笑，说道：“总会有办法的。”

艾登也轻轻地点头，说：“转机会有的。”

见两人这么说，我一时间也不好再说什么。

沉默了片刻，我问艾登：“你刚才与米娅说了什么？感觉她更怨恨我了。”

“我警告她不许再为难你。”艾登回答得很干脆。

“你这样做，米娅不可能买账吧？反而会更加仇视我。”我抽了抽嘴角，一想到米娅那些手段就头疼。

“你放心，她不会再对你怎么样了。”似乎是猜到了我的担忧，艾登对我露出一个宽慰的笑容。

“真的吗？你是怎么劝服她的？”我很惊讶。米娅这种任性的小公主，可不是随便一两句话就能开解的。

“没有劝。我只是告诉她，如果她执意要你的性命，那我只好杀了她最重要的骑士来为你报仇。”艾登语气平静地说道，“肖恩从小与她一起长大，她是不可能看着他死的。”

我和雷没想到艾登会为了我做到这个地步，不由得都吓了一大跳。

雷惊慌失措地说道：“你这样做等于与整个皇族为敌啊！”

我也一脸担忧地看着艾登，说道：“你这样威胁米娅，要是皇族的人知道了就不好了，你真不该为了我惹怒皇族……”

“没什么好怕的。”艾登看着我，忽然笑了起来，说道，“我是这个世界最厉害的大魔法师，除了神，没有什么人值得我畏惧。”

雷敲了艾登一下，笑道：“对对对，我们伟大的大魔法师为了小千云，与一个国家为敌算得了什么呢！”顿了顿，他又看着我说道，“你什么也别怕，我与艾登会保护好你的。”

我被雷的话逗笑了，紧张的心情缓和下来。我一脸郑重地对艾登和雷说道："你们护着我，我也要护着你们。虽然我没有什么力量，但是我永远与你们同在。"

"傻丫头。"雷笑着揉了揉我的头发。

"不许说我傻！"我不甘示弱地捏了捏雷的脸。

艾登看了我与雷两眼，问道："千云，你是不是还有什么事情没告诉我？"

我怔了一下，突然想起来了。

"我觉得真正想要杀我的人不是米娅。"我说。

"怎么说？"艾登的表情依然很平静。

"米娅要杀我是因为她妒忌我，可是我与你又不是恋人关系，米娅再怎么妒忌应该也清楚，没必要杀死我吧？她会那么愤怒，肯定是有人在她耳边乱说了些什么，让她误会了我跟你的关系，从而恨不得杀死我！"我把自己的一些想法清清楚楚地告诉了艾登。

艾登若有所思地看着我，说道："米娅虽然残暴，但的确没有狠毒到这个地步。"顿了顿，他补充道，"你没有对她解释过我们的关系吗？"

"解释了，可是她不信啊。我都说了你对我好是因为我救过你。"我苦着脸说道。

雷在一边插嘴道："我还是第一次听说小千云救了你的事……"说着，他看着艾登，一副"你不给我解释清楚，我就要闹"的表情。

"那可是我与艾登的初遇呢。"我笑眯眯地对雷说道。

艾登瞥了雷一眼，简单地解释道："我大意中了敌人的魔法，千云恰巧出现帮助了我，所以我收她为徒并照顾她。”

“原来是这样……”雷恍然大悟地说道，“怪不得你对小千云这么好……”

“艾登，我实在想不通我怎么会惹上除米娅以外的人？”一想到那个隐藏在暗处想要我性命的家伙，我就郁闷极了。

“或许是因为我。”艾登目光带着歉意看着我。

“你这是什么意思？怎么会是因为你呢？”我吃惊地看着艾登，不明白他为什么突然这么说。

雷抚摸着下巴说道：“艾登身为大魔法师，总是会惹到一些麻烦的家伙，而他以前也很少与别人太过亲近，那群人抓不住他的软肋，也拿他没办法——哦，我是个例外，毕竟我也挺强的，那群家伙也怕我。但是你的出现打破了艾登不与除我以外的人亲近的状况，我想那些人肯定想着既然拿艾登与我没办法，不如拿你开刀出出气……”

听雷说完，我才想起，艾登的确不太与别人亲近，总是与其他人保持一定的距离，除了我和雷，我几乎没有见过他与别人特别亲昵的样子。

我抚着额头，一时间说不出话来。

“小千云，你别怕，我与艾登会多注意些，不让那群人有机可乘。”雷见我沉默不语，以为我在害怕，便拍了拍我的肩膀安慰道。

“嗯，我相信你们会保护好我的。”我看着面前的两人，心里松了口气。无论怎么样，只要有艾登他们在，再恐怖的家伙也没有什么好害怕的。

过了几天，与人族交战的魔族毫无征兆地全都撤退了，他们甚至连好不容易打下来的地盘都不要了，就这样舍弃给了人族。

这次边界的战争就这么莫名其妙地结束了，艾登与雷终于可以带着我离开这个是非之地。

临走的前一晚，艾登独自来找我。

“怎么了？”天色已经很晚了，我都准备睡觉了，没想到艾登会突然找上门来。

“这个给你。”艾登将一颗蓝色的水晶石项坠放在我的掌心，带着一丝温柔的笑意对我说道：“这是灵云石，比你脖子上的那条蓝水晶项链更加适合帮助你操控魔法。”

我脖子上这条蓝水晶项链是初学者用的魔法媒介，也算是不错的媒介物了，是当初我刚开始学习魔法时雷送给我的。而艾登现在给我的这颗叫灵云石的水晶项坠，显然比我脖子上戴的媒介物要好很多。

“这颗灵云石看起来很贵重，给我真的可以吗？”我看着手里的灵云石，有些犹豫。

它看起来虽然像水晶石，但比水晶石还要晶莹剔透，就算不拿来作为魔法媒介，单单作为配饰，也是非常合适的。

“有什么不可以，它本来就属于你。”艾登伸手摘掉我脖子上的蓝水晶项链，将我掌心的灵云石戴了上去。

第四章

妖乱之城获意外惊喜

我恍惚了一下。记得之前艾登给我买那些精致的衣物时也是这么说的，说那些东西本来就属于我。

我怔怔地看着艾登，像是问他又像是问自己一般说道："你为什么对我这么好？是因为我救过你吗？"

"不是。"艾登回答得很干脆。

"那是因为……什么？"我捂住胸口，突然觉得心快要从胸膛里跳出来了。

"因为……"

"艾登、小千云，都这么晚了，你们怎么还不睡觉啊，聊什么呢？"雷煞风景地从旁边的帐篷里走了出来。

艾登摸了摸我的脑门，催促我去睡觉："早点睡吧，晚安。"

"晚安。"我笑了笑，转身走进了帐篷。

身后雷还在说："艾登，今晚我们一起睡吧，哈哈。"

"我拒绝。"艾登拒绝得很果断。

"那我去找小千云——哇！开玩笑的啦！"雷惨叫道。

我无奈地摇了摇头。雷还是那么喜欢逗艾登，不过他们两个人真的很要好呢。

一夜无梦，我感觉这是近期睡得最舒心的一次了。

早上梳洗后掀开帘子，我抬眼就看到了在帐篷外等着我的雷。看到我，他对我笑道："艾登已经先去拜伦准备飞马了。"

"那我们是走回拜伦，还是你用瞬移魔法带我回去？"我明知故问。

“当然是用瞬移魔法带你回去了。”说话间，雷握住了我的手腕，念动魔咒，眨眼间，我们就出现在了拜伦城门口。

站稳后，我一眼就看到了入口处正在安抚飞马的艾登。

我跟雷一起走了过去。

雷问：“艾登，准备得怎么样了？”

“没问题了，随时可以走。”艾登抚摸着温顺的飞马，轻声说道。

“那就走吧。”雷说着就要把我扶上马车，这时米娅带着她的骑士来到了我们面前。

雷看了一眼这两个不速之客，小心翼翼地把我护在身后，一脸警惕地看着他们，似乎生怕他们对我怎么样。

艾登冷淡地看着米娅，问道：“有事？”

“你要去哪里？”米娅着急地问。

“这跟你并没有什么关系。”艾登的语气冷淡而疏离。

“我也要跟着你去！”米娅不由分说地就准备上马车，却被艾登拦了下来。

艾登瞟了一眼米娅身后的肖恩，淡然地对他说道：“我要去的地方很危险，你要是还让她跟着我，你这个骑士就不合格了。”

肖恩的身体一颤，伸手抓住了米娅的手，说道：“殿下……请不要再跟着艾登先生了……”

“肖恩！”米娅生气地瞪着肖恩，一副非常不甘心的样子。

“走吧。”说着，艾登翻身上了马车。

第四章

妖　乱　之　城　获　意　外　惊　喜

雷将我扶上马车后，自己也跳了上来。

飞马在艾登的操控下飞快地奔跑了起来。

我掀开马车的窗帘去看米娅与肖恩，发现他们已经被远远地甩在了后面，我也不用再担心他们会追过来了。

放下窗帘，我靠在车厢上，伸了个懒腰问道：“我们现在是要去哪里？”

“妖乱之城。”艾登看着我，答道。

“那是什么地方？听起来很危险的样子。”听到这个地名，我愣了一下。这是什么奇怪的名字，与群魔乱舞有异曲同工之妙。

“是很危险，因为它不属于人族与魔族管辖，是一个独立存在于两族以外的城市。那里常年隐匿着各族流放的可怕家伙，是黑暗者的天堂。”雷双臂环胸对我说道。

“照你这么说，那个地方应该有很多魔族了？”我抚着额头说道。

“并不是，乱妖之城里最多的是兽族。”雷嗤笑了一声。

我心里一怔，忽然明白过来，说道：“所以我们才要去乱妖之城……”

兽族领主果然狡猾，藏匿在这种地方，难怪人族与魔族一直拿他们没办法。

雷看了我一眼，眼神里有赞许之意。

“小千云果然聪明，已经完全猜到了。”雷说道。

“乱妖之城也是信息传播得最快的地方，我们去一趟不亏。”艾登沉着地说道。

雷同意地看了艾登一眼，沉默了一会儿，他忽然扭头看着我说道：“小千云，妖乱之城毕竟是个不受规则束缚的地方，危险程度不是你能想象的。你到了那里后一定要小心谨慎，绝不能惹事。”想了想，他又对我叮嘱道，“总之你要紧紧跟在我与艾登的身边，不要被什么稀奇古怪的东西吸引，导致跟丢了……”

我白了雷一眼，说道：“别把我当小孩子看，我这么大的人怎么可能会走丢！”

艾登嘲笑了雷一声：“你太过担心了，千云又不是小孩子了。”

“还是艾登懂我！”我笑嘻嘻地说道。

一路上说说笑笑，我们三人很快就来到了妖乱之城，只是这一次的飞马之旅没像上一次那样让我不舒服了。

站在妖乱之城的城门口，我被挂在大门上的一幅画吸引了全部目光。

画上是一位身着华丽裙装的美丽少女，她有着金色的长发与眼眸，倾城的容颜犹如朝阳般夺目。

“好漂亮的人啊！”我抬头看着画上的少女，忍不住感叹道。

艾登也随着我的目光看过去，他目光深沉地看着画上的少女，像是要把画看穿似的。

雷看着画中的少女，眼里的柔情化作唇角的一抹轻笑。他说：“这就是人族的女神——露西娅。小千云，她是不是很美？”

“这就是人族的女神？”我吃惊地说道，“美，我从来没有见过这么美丽的人，哦，不对，是神！”

“我们进去吧。”艾登已经收回目光，表情平静地对我们说道。

“你刚才也看呆了呢……果然，面对这样好看的美人，就算是艾登也把持不住。”我虽然满脸笑意，心里却不由得有些泛酸，也只有那样的美人才配得上艾登吧。我虽然不丑，但也算不上美人，顶多算还可以……

艾登没有说话，他身边的雷却对我笑道：“艾登也是人，人喜欢欣赏美丽的事物是很正常的啊，小千云是不是太大惊小怪了？”

我被雷这一番话说得一怔，不由得笑起来，答道：“说得也是，爱美之心是人之常情。如果艾登一点反应都没有，那才吓人呢。”

“你们在说什么，还不快跟上？”我与雷谈笑间，艾登已经进入城内，把我们远远甩在了身后。

“来了！”

我与雷急忙抬脚追上去。

雷追上艾登后抱怨道：“你走那么快做什么，背后有敌家追你不成？”

“的确有。”艾登语气一顿，目光随意地往不远处一瞟。

雷看过去，随即表情大变，说道：“是那个家伙！我们运气也太背了吧！”

“怎么了？”我也随着雷的目光看过去，但是我只看到了熙熙攘攘的人群，并没有看到什么可疑的家伙。

“麻烦的家伙。雷，你先带千云离开。”艾登吩咐完，就转身消失在了城内一角，我甚至都来不及叮嘱他小心。

雷安抚地拍了拍我的肩膀，说道：“你别担心，他不会有事的。我们先走吧。”

我只好点点头，先跟着雷在城内闲逛。

城内的气氛明显与外面不同，空气中都是让人感觉既压抑又难熬的气息。我抬头打量四周，见周围的建筑都是清一色的黑色。这里的房屋造型不像塞缪尔的那样复古、美丽，而是给人怪异、厚实的感觉，每一座房屋的大小、高矮都是一模一样的，整齐地排列下去。

城内来来往往的人不少，但是每个人几乎都将自己的面容隐藏在帽檐下，一身黑色装扮也怪异到了极点。

我扯了扯身上蓝色的裙子，突然觉得自己与这里格格不入。

雷注意到了我的不安，说道：“我们要换身行头，你跟我来。”

我“嗯”了一声，安静地跟着雷行走在陌生又危机四伏的街道上。现在天色还早，艾登说过，夜晚的妖乱之城才是真正的妖乱之城……

雷找了一家衣行，替我买了一件黑色斗篷。这件斗篷完全可以让我变得跟城内人一样，而且更神奇的是，它具有隐身的魔法。

我披好斗篷后，雷很满意地看了我一眼，说道：“遇到危险的时候你就利用斗篷的隐身功能逃命，千万不要硬撑。”

我笑着点了点头，答道：“放心，我很爱惜自己的性命。”

第四章

妖乱之城获意外惊喜

“现在时间还早，我们找个地方边吃东西边等艾登吧。”雷提议道。

我摸了摸肚子，觉得的确有点饿了，便笑眯眯地回答道：“好呀，不知道这里有没有蛋糕店？”

“蛋糕店恐怕没有，不过有趣的食物应该不少。”雷耸了耸肩，说道。

“有趣的食物？好吃吗？”我满脸好奇。

“好不好吃你吃一次就知道了。”雷神秘地一笑。

“走，我们去吃。”

“走。”

我跟雷吃完饭又逛了一会儿街后，太阳落山了，妖乱之城很快就要迎来夜晚，而艾登始终没有回来找我们。

雷终于有点不淡定了，他将我领到一个热闹的街口，说道：“我去找艾登，你就在这里等着我回来，千万不要乱跑。”

“知道了，你去吧。我又不是小孩子，不会乱跑的。”我不耐烦地对雷挥了挥手。

真是的，他再啰唆下去天都要亮了。

“那你自己一定要小心！”雷见我一脸不耐烦的样子，叹了口气说道，“我马上就回来，你可不要乱走！”

“知道啦。”我只得郑重地回答道。

得到我的保证后，雷终于转身消失在了热闹的人群里。

天已经暗沉下来，白天死气沉沉的妖乱之城顿时如活了过来一般，那些在阳光下很神秘的家伙一个个掀开斗篷，将自己暴露在月色下。我看到了好几个人脸兽身的兽族和一看就很不友善的魔族——这个地方果然很危险。

就在我打算站在原地等雷回来的时候，我的旁边来了两个人族，他们似乎正谈论着什么。

“你听说了吗？奇珍阁今天要拍卖一件有趣的东西。”其中一个身材矮小的男人说道。

“听说了，似乎是一个黑发黑眸的魔族，这没什么稀奇的。”另一个身材高挑的男人不屑地说道。

“错了！是黑发黑眸，但不是魔族，是人族。”矮小的男人压低声音说道。

“人族？你搞错了吧，人族怎么可能会有黑发黑眸的家伙！”高挑的男人难以置信地低呼道。

“是真的！要不是有朋友在那里做事，我也不敢相信！听他说还是个年纪不大的少女，长得倒是不错。”矮小的男人万分肯定地说道。

我在一旁听着，只觉得心里又惊又喜——那一定是小曼！没想到小曼会在这里！

我忍不住冲到那两个男人面前急切地问道：“奇珍阁在哪里？”

第四章

妖 乱 之 城 获 意 外 惊 喜

那两个男人吓了一跳，喝道：“哪儿来的小丫头！走开，别妨碍我们说话。”

我从腰间的钱袋里随手掏出一枚金币，说道：“你们谁带我去奇珍阁，我就把这枚金币给谁。”

说完，我还故意晃了晃金币。

艾登说过，在妖乱之城，只要有钱就什么都能做到，所以他和雷都给了我不少金币，以防万一。

两个男人看到我手里的金币，果然眼睛一亮，说道：“我们这就带你去！”

我当然不会相信眼前的男人们不会打坏主意，因此我使了个魔法捆住他们的双手，冷冷地说道：“如果你们起什么坏心思，我就会用魔法废了你们的双手！”

两个男人忽然变得非常害怕。

他们果然有别的企图，不过看起来也的确没什么能力。

“你们俩老老实实带我去，金币我会给双倍。但是如果你们要做什么坏事，别说钱了，恐怕到时候我连命都未必给你们留！”见他们俩慌张到了极点，我又恶狠狠地吓唬他们，彻底让他们打消坏念头。

“哎哟！我们哪里敢有什么坏心思，我们这就带您去！”说完，两个男人跌跌撞撞地带着我来到了奇珍阁门口。

我满意地将手里的金币扔给他们，说道：“辛苦你们了。”

两个男人拿到金币后匆匆离开了，而我推开奇珍阁的大门走了进去。

进入屋内，一股强烈的冷冽气息扑面而来，让我不由得打了个冷战。

屋子并不大，中间有个高台，高台下面坐着几排拍卖人员，台上跪坐着一个少女。她闭着眼睛，似乎睡着了，漂亮的面容十分平静，与周围诡异的环境格格不入。

“小曼！”我下意识地轻呼，随即又立马捂住了嘴巴，眼泪也差点夺眶而出。

高台上那个少女，的确是我最重要的朋友——少小曼！

第五章

好 友 重 逢 与 魔 族 阴 谋

我几乎就要冲上台去救小曼了，但下一秒又忍住了。

艾登和雷叮嘱过我很多次，说不能在妖乱之城闹事，我必须忍耐。

“客人好。”一个兽族的兔耳少女来到我的身边招呼道。

我吓了一跳，答道：“你好。”

“拍卖的话请来中间坐，找宝物请上二楼。”兔耳少女仔细打量了我一眼，满面笑容地对我说道，“客人是第一次来吧？请问是要拍卖，还是要甄选宝物呢？”

我盯着高台上的小曼，冷冷地吐出两个字：“拍卖！”

“三金币。”兽族少女清脆地报出一个价格。

我从钱袋里掏出三枚金币给兔耳少女。

她满意地将金币收好后，给了我一块拍卖用的红色牌子，并且笑眯眯地对我说道：“您要是看上了喜欢的物品就直接举牌报价，顺利拍下后会有指引人跟您做最后的交涉。”

我低头看了一眼手里的牌子，牌子上的数字是36，牌子的材质是少见的黑水晶。

第五章

好 友 重 逢 与 魔 族 阴 谋

“客人，请跟我来。”说着，兔耳少女把我带到了高台下一个空位子上坐好。

坐下后我发现这个位子离高台比较近，可以清晰地看见台上小曼的状况。而我的身边只坐了一个被斗蓬遮盖住面容的青年，他也全神贯注地看着高台上的小曼。

不一会儿，亮光照到台上，一位身材曼妙的女人走上台，她精致的脸上带着淡淡的笑容。她用甜美的声音说道：“尊敬的客人们，今天的第二十五件拍卖品——魔族的外貌、人族的心，我们美丽无比的睡美人少女。起拍价五千金币！”

女人刚报完价，我就听到背后的拍卖家们暗骂声一片，五千金币，这的确是很高昂的价格。

在哈利法克斯，金钱分为四级，以1000:1换算。一银石等于一千金币，一金币等于一千银币，一银币等于一千铜币。

我握住钱袋，忍不住松了口气，还好艾登与雷都很有钱，我的钱袋里有他们给的一百个银石与一千枚金币，肯定能顺利把小曼拍下来。

“十银石！”我举起牌子喊道。

我的喊声顿时让背后的一群人发出了惊呼声。

不用想也知道，这么高的喊价肯定是没有人跟我抢的，十银石可是足够让平民富裕地过上一辈子！

“二十银石。”就在我势在必得要拍下小曼时，我身边的青年举起了牌子，他的声音冷得像冰块。

“三十！”我吃惊地看着身边的青年，立马加价。

“四十。”

“五十！”

“六十。”

“七十！”

“八十。”

“九十！”

我一路追加到九十个银石，冷静的心态已经完全消失了，如果他还要追加下去，我就没有办法把小曼拍下来了。

“两百。”青年的声音毫无起伏，但是他再一次报出的价格震惊了我与场内的所有人。

高台上的女人似乎也呆住了，愣了片刻才反应过来喊道：“两百银石第一次，两百银石第二次，两百银石第三次！恭喜这位先生拍下睡美人！”

我愤怒地看着身边的青年，恨不得咬他两口。如果没有他，我现在已经顺利将小曼拍下了！可恶！

拍卖结束后，高台上的小曼被两个男人抬走了，片刻便消失在了我面前。

兔耳少女脚步轻缓地来到青年身边，语气恭敬地说道：“先生，请跟我去提取您的货物。”

见青年站起来跟着兔耳少女离开，我也猛地站起来，趁着没人注意启

第五章

好 友 重 逢 与 魔 族 阴 谋

动隐身魔法，悄悄尾随两人进入了屋内。

兔耳少女带着青年从墙壁穿透而入，我也紧跟着穿了进去。进去后，我才发现墙内的世界简直令人叹为观止。

长长的走廊上摆放着各种奇异的物品，两边的墙壁上挂着许多壁画，诡异而美丽。

兔耳少女领着青年一直走到走廊尽头，那里有一扇翡翠门。少女拿出钥匙打开翡翠门恭敬地请青年进入。

而我也紧随其后，生怕跟丢。

门里面又是一条长长的走廊，规格与样式几乎和之前那条一模一样。唯一不同的是，这里的墙壁上挂的不是壁画，而是刻着血一般艳红的花朵，令人看后忍不住发抖。

我一路跟着他们来到走廊尽头另一扇红宝石门前。正要进入时，我发现门旁有一扇小门。

我觉得这扇门很古怪，忍不住停下了脚步，迟疑间那两人已经消失在红宝石门后，门也随之“啪”的一声关闭了。

我心想，反正也进不去，索性解除身上的隐身魔法去看看那扇古怪的小门好了。

小门是木头材质的，只有手掌大小，门上贴着两张封条。

我犹豫了一下，伸出手撕掉封条，推开了小门。

小门内部是一个空荡的房间，房间中央垂挂着一只手掌大小的尖耳生物，我想也没想就把他抓了出来。

他躺在我掌心看着我，银白色的眼睛比月色还要动人。我随即把他身上的绳子解开，蹲下身小心翼翼地将他放在了地上。

“多谢你。”他开口说道，声音十分低沉。

“你还会说话啊？而且声音还这么好听。”我惊讶地打量着他。他拥有着人的形态，五官非常美丽，一双尖尖的耳朵直直竖起，看样子很像精灵族。

他看了我几秒，忽然睁大了眼睛说道：“宿命的齿轮……再一次运转了吗？”

我莫名其妙地看着他，问道：“你在说什么啊？你是精灵族吗？”

“吾自然是精灵一族。”说着，他摊开手心自嘲似的笑了两声，“没想到再一次见面，你会是这副模样……真是令吾羞愧。”

“我们以前见过吗？”我茫然地盯着地上的精灵。

他定定地看了我一眼，说：“这副模样的你倒是没有。”

我皱了皱眉，问面前古怪的精灵：“你叫什么名字？”

精灵沉默了片刻，说：“伊桑。”

顿了顿，他反问我：“你呢？”

我扑哧一笑，说：“刚刚还说见过我，现在却连我叫什么都不知道。我叫负千云，你叫我千云就好。”

“千云……”伊桑念着我的名字。

“伊桑，你现在这副模样是中了什么魔法吗？”我看着地上手掌大小的伊桑，有些好奇地问道。

第五章

好友重逢与魔族阴谋

“吾大意了……”伊桑哀叹一声。

“可惜我是个半吊子魔法师，帮不了你……”我有些惋惜地看着伊桑说道。

“不过我认识两个很厉害的魔法师，他们应该能帮到你！”想了想，我又补充道。

“厉害的魔法师？”伊桑眯了眯眼睛，问：“艾登吗？”

“你认识艾登？”我吃惊不已。

“认识。”伊桑的笑容犹如藏在雾里的明月，有些暗沉。

“看你的表情……你不会是跟他有什么过节吧？”我小心翼翼地问道，忽然想到艾登之前说过他有不少敌人。难道伊桑也是其中一个？

“吾不是他的敌人，你莫要乱猜。”伊桑仿佛看透了我内心的想法，淡淡地瞟了我一眼，说道。

我诧异地看着伊桑，问：“你会读心的魔法吗？”他竟然能将我的想法完全猜对。

“这不是魔法。”伊桑轻轻地说道。

“差点忘了！”我猛地拍了拍自己的脑门，站起来，说道，“现在可不是跟你悠闲聊天的时候，我还要去找小曼呢！”

“小曼……”伊桑沉默片刻问道，“你的故友吗？”

我点了点头，说：“对，我最重要的朋友。”

伊桑若有所思地盯着我的脸庞，似乎在思考什么。沉默了几秒，他突然对我说道：“我能帮你找到她。”

“真的吗？”我惊喜地看着伊桑，转而又有些怀疑地问道，“你现在这个状态用得了魔法吗？”

“找她不需要魔法。”伊桑瞥了我一眼，说，“这是只属于我们的连接点。”

“连接点……你在说什么？”我发现自己再一次听不懂伊桑的话了。

“你现在听不懂吾的话，但是总有一天你会明白的。”伊桑并没有对我解释的打算，顿了顿，他又对我说道，“把吾放在你的掌心。”

闻言，我乖乖把他从地上提到了自己的手掌心，一脸好奇地问道：“你要做什么？”

伊桑没有回答，他只是闭上眼睛默念着什么。

刹那间，绿色光芒从他身上冒了出来。

在这片朦胧的光芒中，我只觉得头痛无比，一些模糊的画面从脑海中闪过，似乎我以前真的见过伊桑。

光芒消失后，我发现自己离开了先前那条走廊，出现在一个华丽的房间内。

掌心的伊桑不知道什么时候不见了，只有我一个人茫然地站在这个陌生的房间里。

房间中央的大床上躺着熟睡的小曼。

“小曼！”

第五章

好 友 重 逢 与 魔 族 阴 谋

我三两步冲到她旁边，打量着她。

她睡得很安稳，而且看上去并没有受到虐待，我原本的担心也总算稍稍放下了一些。

“小曼！醒醒！”我使劲摇了摇床上的小曼，摇晃了两下后发现她睡得很沉，根本叫不醒。

我想了一下，反应过来，小曼应该是中了沉睡魔法。我回忆起艾登教我的解咒魔法，顺利把小曼叫醒了。

小曼睁开眼睛茫然地看着我，似乎还没有从漫长的睡梦里回过神来。

“千云？”片刻后，小曼支起身体不敢相信地看着我，说道，“我还在做梦吗？你的头发和眼睛……”

“不是梦！真的是我！”我激动地看着小曼，说道，“我的头发和眼睛只是被施了魔法，算是伪装。”

“原来是这样！”确定是我后，小曼一把抱住了我，说道，“分开的这段时间我一直很担心你，你还好吧？”

“我很好。”我也紧紧地抱住她，问道：“这段时间你过得怎么样？有没有什么坏家伙欺负你？”顿了顿，我又问道，“你怎么会出现在这种地方？到底发生什么事了？”

“没有人欺负我，我过得很好。”小曼回答道，一脸困扰地看着我，似乎真的不清楚自己是怎么来到这里的。

“我也不知道自己怎么会出现在这里……”她迷茫地说。

“那个家伙是谁？”

大门猛地被人打开，一个粗鲁的声音在门口响起。

我扭头看去，发现门口站着几个身材粗壮的兽族男人以及兔耳少女，还有那个青年。

糟糕！光顾着与小曼说话，忘了逃跑了！现在铁定跑不掉了！

“是你？”兔耳少女盯着我，表情冷了下来，“客人，您这样的行为可是不符合奇珍阁的规矩的。”

说着，她扭头对身后的兽族男人说道：“把她抓起来处理掉。”

“你们别过来！”我护着小曼，决定跟这群人拼了。虽然我的魔法不能一招制敌，不过拖延一些时间应该是可以的……

“兰斯？”小曼看着那个青年，突然开口叫道。

“小曼。”青年轻声应道，语气很温柔。

“兰斯，真的是你呀！你是来救我的吗？”小曼的眼睛骤然一亮，她高兴地跑到了青年的身边。

被叫作兰斯的青年轻轻“嗯”了一声后问道：“他们没有为难你吧？”

“没有，没有。”小曼急忙摆手。

我与那群兽族的人全都傻眼了。

这是什么情况啊……小曼认识这个青年吗？

“你们还愣着做什么，把她抓走！”兔耳少女咳了一声，再次命令道。

小曼慌忙拽着兰斯的衣角恳求道：“你让他们不要伤害我的朋友，拜托了。”

“不许动她！”兰斯冷冷地瞟了一眼兽族那群家伙，语气冷得能冻死人。

“可是这不符合规矩……”兔耳少女有些怯懦地看了兰斯一眼，她似乎很怕他。

“你要跟我讲规矩？”兰斯轻笑了一声。

“对不起！”兔耳少女被兰斯吓得脸色发白，再也不敢多说，与那群兽族男人迅速离开了。

我目瞪口呆地看着这一幕。

这家伙到底是谁，竟然可以把兔耳少女吓成那样？这里可是妖乱之城，只有城外的人会怕城内的人，可没有城内的人怕城外的人……

“千云，这是兰斯！这些天就是他一直照顾着我。他不仅教我这个世界的知识，还教我魔法呢，可有趣了！”小曼亲热地牵着我的手给我介绍那个叫兰斯的青年。

“兰斯，这是千云，是我最好的朋友。”小曼又对兰斯介绍我。

“多谢你这些天对小曼的照顾。”我感激地对兰斯鞠了个躬。虽然不清楚详情，但是看小曼的样子就知道兰斯对她真的很不错。

“不客气。”兰斯语气冷漠地回应道。

“千云，离他远点。”

忽然，熟悉的声音在耳边响起，与此同时，我的肩膀被人用力抓住了。

我怔了一下，喊道："艾登！"

"这个人是谁啊？"小曼惊恐地看着凭空出现的艾登，吓得急忙躲在了兰斯背后。

"小曼，你别怕。他叫艾登，是个很厉害的魔法师，是这段时间照顾我的好友，并不是什么可疑的人。"我急忙对受到惊吓的小曼解释道。

没想到小曼的胆子还是这么小，我原以为异世界的生活会让她变得不一样呢。

"原来是照顾千云的朋友……"小曼从兰斯背后探出脑袋看着艾登，露出矜持的笑容自我介绍道，"我叫少小曼，是千云的好朋友。"

艾登看着小曼的目光像是被黑纱隔挡的月光一样暗淡悲伤，但是转瞬又恢复了平时的疏离温和，好像那一瞬的悲痛只是我的错觉。

"你好，小曼。"艾登温声问候道。

"艾登先生，你好。"小曼笑容灿烂地说，她似乎很喜欢艾登。

"艾登，你刚才让我离谁远点？"我想起了艾登刚才的话，开口问道。

"他！"艾登的目光落在兰斯身上，笑容里带着一丝戒备。

"魔族的人……而且不是一般的魔族。"艾登说。

魔族？还是不一般的魔族……应该是很危险的家伙吧！

"小曼，你快过来！"我把还没搞清楚状况的小曼拉到了自己身边，然后小心地退到了艾登身后。

"这是怎么了？"小曼被我的举动弄得一愣，有些惊慌地看着我。

第五章

好 友 重 逢 与 魔 族 阴 谋

“兰斯是魔族，是很危险的家伙，我不能让你靠近他。”我严肃地看着小曼。

“魔族？危险？”小曼却一脸诧异地看着我，问道，“千云，你是不是误会什么了？兰斯怎么可能是危险的家伙……他对我很好，也从来没有伤害过别人。”

“可他是魔族！魔族是最憎恨人族的，你跟在他身边是很危险的。小曼，从现在开始，你就跟在我与艾登身边吧，我们会照顾好你的，不要再跟着他了……”我抓住小曼的手臂，苦口婆心地劝道。

小曼反驳道：“我不要！我跟在兰斯身边一点也不危险！乔、哈里森、卡洛斯他们也是魔族啊，可是他们都对我很好！”

我怔了怔，说不出话来。

小曼是真心实意地信任着兰斯，也相信着他身边的魔族。而且看样子，她似乎并不清楚魔族与人族的恩怨。

小曼甩开我的手，走到兰斯身边紧紧地抓住他的衣服，对我说道：“总之兰斯绝对不会是你们说的什么危险的家伙！你们之间肯定是有什么误会！”

“千云，兰斯真的不是什么坏人。”小曼恳切地看着我，说道，“而且他答应过我会照顾我，直到我回家为止。我也不想离开他。”

“小曼……”我见小曼如此执着地要跟着兰斯，不禁有些惊讶。认识她这么久以来，这还是我第一次见到她这么依赖除了我以外的人……她这么依恋兰斯，难道是因为喜欢上了他？如果真是这样，那就麻烦了！先不说人魔对立的关系，我跟她毕竟不是这个世界的人啊，怎么能恋慕这个世界的一切呢？

我悄悄地瞟了一眼艾登，总有一天我会离开他的吧……一这样想，我的情绪就变得低落起来。

雷突然出现在我的面前，生气地捏着我的脸颊说道："小千云，我这次是真的生气了！你不是答应过我不会乱跑的吗？"

我说不出话来，不由得将求助的目光投向了艾登。

艾登抓住雷捏着我脸颊的手，轻声说道："别闹了。"顿了顿，他又说："现在可不是你对千云生气的时候。"

雷这才注意到了气氛有些诡异，他放下捏我脸颊的手，将目光转向了兰斯，说道："魔族？这么强大的魔力绝不是一般的魔族。"

"这又是谁？也是千云你的朋友吗？"小曼上下打量着雷。

"这是雷，也是非常厉害的魔法师，跟艾登一样一直很照顾我。"我拍了拍雷的肩膀，笑眯眯地对小曼介绍道。

"雷先生，你，你好。"小曼似乎有点怕雷，她躲在兰斯身后自我介绍道，"我是少小曼，千云的朋友。"

"你就是小千云那个好朋友小曼啊！"雷恍然大悟，而后笑眯眯地看着小曼说道，"你好呀，小曼姑娘。"

小曼这个反应……很奇怪。刚才面对艾登的时候，她明明轻松自在，面对雷却很畏惧。

"现在是什么情况？"雷问我和艾登。

第五章

好 友 重 逢 与 魔 族 阴 谋

“危险的魔不适合千云的朋友。”艾登平静地看着兰斯。

雷一脸“你说人话会死吗”的表情看着艾登，说道：“你把话说清楚点！”

我扑哧一笑，解释道：“这位魔族的兰斯先生一直替我照顾着小曼，无微不至。但是艾登说他很危险，所以我现在不想让小曼再继续跟着他，可是小曼又不愿意离开他。”

雷的目光在兰斯身上转了一圈，说道：“艾登说得没错，这个家伙身上有很危险的气息，小曼姑娘的确不适合跟着他。”

“我不离开兰斯！”小曼听雷这么说，更加害怕地躲在了兰斯后面。

我贴近艾登，小声说道：“要不这样吧，我先跟小曼好好聊一下，如果她还是不答应离开，那我们就打晕她带走吧。”

“你这样对她，她不一定能体谅你，恐怕还会生气不理你。”艾登看了我一眼，说道。

“只要兰斯一天还拥有着魔族的身份，我就不能安心地让小曼跟着他……他的身份一定会害死小曼的！所以我宁愿让她生我一辈子的气，也不想让她陷入这样的危险之中……而且少女的恋慕之情会让小曼陷入万劫不复之地！”我看着远处的小曼，语气坚定地说道。

如果小曼真的喜欢兰斯，那我一定要把这段恋情扼杀在摇篮里！

艾登的目光在小曼秀气的脸上转了一圈，然后他低低叹了口气说道：“你担心得很对。”

我走到兰斯身边，牵起小曼的手，说道：“小曼，你跟我来，我们俩好好聊聊这些日子发生的事。”

小曼迟疑地看了一眼兰斯，见他点了点头，才放心地跟着我走出了房间。

外面是一条走廊，走廊两边有好几个房间。我随便找了个门没关的房间走了进去，跟小曼一起坐在了沙发上。

“小曼，你知道人族与魔族是什么样的关系吗？”我问身边略显不安的小曼。

小曼茫然地摇了摇头，说：“兰斯并没有跟我说过这些事情。”

我冷笑了一声，说：“他当然不敢告诉你！在这个世界里，人族是魔族的死敌，两族之间有难以化解的仇恨！”

小曼盯着我，表情温柔极了。她说：“魔族与人族的恩怨，跟我与兰斯又有什么关系？我只知道他对我很好，从来没有人对我这么好过……”

“你这话说的……难道我对你不好吗？”我假装生气地说道。

小曼急忙摇了摇头，说道：“不是的！千云你对我当然很好！但是，不一样的……千云与兰斯的好是不一样的。”

“怎么就不一样了？”我追问小曼，虽然我的心里已经有了答案。

小曼红着脸看着我，说：“就是，就是……”她支吾了半天也说不出一句完整的话来。

我心里咯噔了一下，小曼对兰斯的感情恐怕不是我能轻易干涉得了的。我叹了口气，转移了话题："小曼，你是怎么遇到兰斯的？而他又是因为什么照顾你的？我可不相信魔族的人会那么好心。"

小曼轻轻地笑了笑，对我说："我记得那天我跟着你跳下水后瞬间就没了知觉……再次醒来，我发现自己在一个奇怪的山洞外。我当时很害怕，拼命找你，这时一只漂亮的鸟儿飞到了我的面前。也不知道怎么回事，我跟着那只鸟儿进入了山洞，然后就看到了被困住的兰斯……"

说到这里，她的脸上飞满红霞。

"兰斯当时躺在透亮的水晶石里，美得就像天使一样，我都看呆了。就在我以为他死掉了的时候，他竟然说话了。他告诉我他被困在水晶石里，让我帮他解开水晶石的封印。我立马同意了，然后费了些工夫解开了封印。从那天起，兰斯就一直把我带在身边照顾我。我想正是因为我救了他，他才一直对我很好，哪怕我是人类，他是魔族。"

听完小曼的话，我呆住了。

小曼与兰斯的初见多么像我跟艾登的初见！同样是被一只鸟儿吸引，同样是解救的戏码！

"吸引你的那只鸟儿是兰斯的契约鸟，对吗？"我脱口问道。

"是呀！"小曼点头说道。

果然一模一样……如果是巧合，那也太离奇了吧？还是说这就是穿越异世界的标准相遇套路？

"千云又是怎么遇到艾登先生的呢？"小曼好奇地看着我。

"跟你遇到兰斯的情况差不多……"感叹完，我就详细地把自己遇到艾登的情形说给了小曼听。

小曼听完也是一脸惊讶。“真的好巧。”她感叹道。

我揉了揉太阳穴，突然想到了一件事情。

“小曼，如果兰斯真的把你照顾得很好，你怎么可能会出现在这种地方？你知道自己刚才的情况有多危险吗？如果买下你的不是兰斯而且哪个变态，那你该怎么办？”

缓了口气，我又问道：“你真的不记得是被谁卖到这里的吗？”

小曼听到我这么说有些害怕，她拼命回忆着，缓缓说道：“我只记得两天前突然有三个陌生人来找兰斯，好像是兰斯的部下。兰斯把我安排在了平时休息的客房里，就去跟他们说话了。我记得我当时正准备洗澡，那三人之中唯一的女人突然出现在我面前……她似乎很讨厌我，她盯着我看了一会儿，我就变得很困，紧接着就没有知觉了……再次醒来，我就看到了千云你……”

小曼的思绪虽然还有些混乱，但是她的话已经说得很清楚了。魔族里有个女人想除掉小曼，虽然还不知道确切原因，不过肯定是因为兰斯。女人的妒忌心我可是领教过的。

“那你知道她叫什么吗？”我赶紧询问小曼。

小曼皱着眉头思考了一下，说：“兰斯似乎叫她……达芙妮。”

达芙妮？不会这么凑巧吧！

“三人之中是不是有个长相秀气的青年叫卡尔？”我深吸一口气，问道。

第五章

好 友 重 逢 与 魔 族 阴 谋

“兰斯是叫他卡尔，还有一个叫……山姆？”小曼说完，一脸纳闷地看着我，问道，“千云，你认识他们吗？”

我深深地看了小曼一眼，说：“不认识，但我是为了他们才来到这里的。”

小曼似乎察觉到了我的不对劲，立马站起来说道：“我要去找兰斯！”

“小曼，我是不会让你去找他的。”我站起来看着小曼，表情冷淡地说道，“如果说刚才我的内心还有一丝犹豫，那么现在完全没有了。”

那三个人是兰斯的部下，那也就说明兰斯在魔族的地位不一般，要不然怎么敢打兽族的主意？只是不知道他在魔族里到底是什么样的职位……

小曼难过地盯着我说道：“千云，你还是觉得兰斯是坏人吗？他真的不是……就算他是魔族，他也是好的魔族！”

“小曼，对不起。”说着，我念起魔法咒语，打算困住小曼。

“兰斯！”小曼惊惧地大喊兰斯的名字，而后兰斯瞬间出现在她面前。

我瞪着兰斯，气愤地说道：“如果你是真的关心小曼，就不该让她再跟着你！她是人，是不能在你们魔族的世界里立足的！”

兰斯已经放下斗篷的帽子，露出精致的面容，一双漆黑的眼眸冷冷地盯着我。

“你身边已经有人要害小曼了，这还不够说明一切吗？魔族的家伙怎么可能愿意与人族和平共处！”我一想到那个女人就怒火中烧，要是再遇到她，我绝对不会放过她！

兰斯毫无表情的脸上起了一丝波澜，他看着小曼，低声说道：“抱歉……没有保护好你。”

“你没有做错什么，不要道歉，再说你也来救我了呀。”小曼温柔地对兰斯说道，丝毫不介意他的失责。

“看她这副模样便知她已情根深种，你现在想扑灭她心中的爱火怕是难了。”艾登与雷一同出现在我身边，艾登贴在我耳边轻声说道。

我的心一沉。

“千云，我知道你是为了我好，但是我相信我自己的感觉，兰斯不是你们想象的那种坏人。”小曼一脸坚定地看着我，说道，“从来到这个世界开始，我就一直很害怕，拼命想找到你。可是我没有找到你，却遇见了兰斯。遇到他，大概是我这辈子最幸运的事情了。我不懂你说的人和魔之间的纷争，我只知道兰斯对我很好，这与他是什么身份根本没有关系！如果你没有办法理解兰斯，那么就让我们的重逢到此为止吧！”

说到最后，她的语气带上了一丝颤抖，像是鼓足了很大的勇气才说出这句话来。

我难以置信地看着小曼，胸口堵着一团火。我气愤地说：“你宁愿相信一个认识不过几个月的家伙，也不愿意相信我？很好，非常好！你彻底惹恼我了！”

小曼低下头不敢看我。她说：“对不起，千云，无论你说什么，我都绝对不会跟你走！”

第五章

好友重逢与魔族阴谋

我气极反笑，说道："少小曼，我今天还非带走你不可了！"

"小千云……冷静，冷静！"雷见我真的动怒了，急忙按住我的肩膀安抚我。

"艾登、雷！把她打昏直接带走！"我懒得再废话，直接对艾登和雷吩咐道。

"谁敢带她走！"兰斯将小曼护在身后，表情冷冷地看着我们。

艾登将手握成拳头，冷冷地笑了起来。他说："我想带走一个人，就算是魔王也未必拦得住我，你不要自讨苦吃。"

雷支着下巴看着兰斯，说："这位魔族先生，我劝你还是干脆地放人吧，我身边这位大魔法师认真起来可是很可怕的。"

我冷冷的目光落在小曼脸上，说道："小曼，拳脚无眼，要是伤到你的兰斯先生，你可不要怨我啊。"

小曼惊恐地看了我一眼，语气尖锐地说道："你不是我认识的千云！"

我轻轻地笑了起来，说道："你说得对，经历过人魔战争的我怎么可能还是你认识的那个负千云……小曼，你永远也不会明白魔族对待人族的可怕与残忍。"

在担任雷的助手，与他一起为前线的战士们疗伤时，我就明白了，我永远也不会喜欢上魔族！

兰斯听到我的话，轻轻地笑了一声，说道："人族对魔族就不残忍、不可怕吗？"他像是问我，又像是问自己。

我怔了怔，没有说话。

而艾登平静地替我回答道："比起你们魔族，人族善良得多。"

我知道战争是相对的，人族受到的伤害，魔族未必就没有承受，只可惜我已经先入为主地将自己融入了人族，不可能再感同身受地为魔族着想了。

"王！"

气氛僵持间，三个有些眼熟的身影凭空出现在兰斯面前，其中一个男人恭敬地对兰斯叫道。

"王？"

我与雷同时一愣。

艾登皱了皱眉，突然说道："你是兰斯·沙逊？"

"不会吧！"雷大叫一声，"我就说兰斯这个名字有些耳熟！"

魔族的王！

我不敢相信地倒吸了一口凉气。

在魔族，尊称强者为王，所以能坐上魔族王位的便是魔族最强的人，魔王的能力等同于人族的大魔法师。

"王，事情已经顺利解决了，我们可以离开这里了。"那个叫达芙妮的女人走到兰斯身边，一脸妩媚地笑道。

艾登与雷的表情一变。遇到魔王已经很糟糕了，现在更糟糕的是我们发现魔族有别的阴谋，却不知道具体是什么。

"艾登，现在怎么办？"雷显然被眼前的变故弄得有些不知所措。

第五章

好友重逢与魔族阴谋

艾登盯着兰斯，对雷说：“帮千云带小曼离开，追查魔族阴谋的事之后再作打算。”

“明白。”雷伸展手臂，一脸自信地说道，“那三个家伙就交给我吧。”

我的目光落在达芙妮脸上，心里忽然生出一个计谋。

“就是你把小曼卖到这里的吧？可恶的女人！”我怒气冲冲地指着达芙妮说道。

达芙妮被我的指控吓了一跳，急忙反驳道：“你这臭丫头乱说什么！我怎么敢对小曼小姐做这种事情！”

“别狡辩了，小曼都告诉我了！”我冲到兰斯身边，抓住小曼的胳膊，说道，“小曼，你说是不是她把你卖到这里的？”

小曼突然被我抓住，愣了一下，抬头看着达芙妮，说：“我不清楚是不是达芙妮小姐……只是她当时来我房间找我，然后我就没有知觉了，再然后就出现在了这里。”

达芙妮听到小曼的话，脸色瞬间变得苍白，她惊惧地看着已经把目光转向她的兰斯，辩解道：“王，不，不是这样的……她们诬蔑我……”

“我没瞎，也没聋，更不是蠢货。”兰斯脸上在笑，眼睛里却没有丝毫笑意。

我发现他笑起来的时候比不笑的时候还要令人觉得害怕。

“王！”那两个男人急忙跪下，恳求道，“看在达芙妮平时对您忠心耿耿的分儿上，请原谅她吧。”

我趁着这两人为达芙妮求情，兰斯分神的时候，赶紧用眼神示意了一下艾登与雷。

他们瞬间明白了我的想法。刹那间，艾登利用隐身魔法来到我的身边，拉住了我和小曼。而雷则巧妙地利用水魔法转移了兰斯他们的注意力。水花飞溅中，我只觉得身体一晃，自己已经被艾登带离了那个房间。

小曼站在陌生的街道上茫然无措地看着我，她似乎不敢相信我做了些什么。

“对不起，小曼。”

我的话音刚落，艾登已经利索地打昏了小曼。

“走吧，我们需要找个地方躲起来。”

第六章

关 系 破 裂 突 生 黑 魔 法

夜晚的妖乱之城会封锁城门，无法进出，但是藏在城内又很容易被兰斯他们找到，艾登便利用魔法创造出了一个神奇的三维空间，让我们躲避兰斯的追捕。这个空间犹如一间房，四周都是白色的墙壁，地面也是白色的。

艾登为了制造魔法空间、雷为了拖延兰斯，都耗费了不少魔力，因此两人皆是一脸疲惫，各自坐在一角闭目休息。

小曼紧握着双手站在一旁，无助地看着四周，这是她不安和紧张时的表现。

我走上前拉住她的手腕，说道：“小曼……”

小曼甩开我的手，不想与我说话，似乎还在生气。

“小曼，我知道我不该强行用魔法从兰斯身边带走你，我也想好好跟你说，只是现在的你满脑子都是兰斯，我也是没有办法……你相信我，我做这一切都是为了你好。”我诚恳地看着小曼，好声好气地说道。

小曼扭头迅速地看了我一眼，冷哼一声，说道：“为了我好？”

“小曼！”第一次看到小曼对我摆脸色，我有些错愕。

“你让我相信你，那你为什么不相信我呢？我说了兰斯不是坏人，为

第六章

关系破裂突生黑魔法

什么你就是不信我！”小曼的语气变得激动起来，她说，“他对我的好，你又不知道！你凭什么说他是坏人！你凭什么不让我跟他在一起！”

“我不需要知道他对你的好，我只知道他魔族的身份总有一天会伤害到你！”我被小曼的反应激起了怒火，语气不是很好。

“哎，你们俩不要吵架啊。”坐在一边休息的雷见状急忙站起，来到我与小曼身边劝解道，“你们俩都冷静一下，有事好好说，不要一副吵架的样子，多伤和气啊。”

小曼双眼微红地看着我，说道：“你只知道他是魔族，除此之外你什么都不知道，那你凭什么说他会伤害我？我告诉你，兰斯不会伤害我！永远也不会！”

“你竟然相信一个魔族对你的承诺！我看你真是被感情冲昏了头脑！”我怒极反笑，反驳道。

小曼气得发颤，语速飞快地说道：“你这种没有感情的人懂什么！当初小晴姐为你而死，你还不是没心没肺地转瞬就把她忘了！”

这个藏在我内心最深处的疮疤，就这么猝不及防地被我多年的好友揭开，我身体一颤，说不出话来。

小曼说完后，似乎才反应过来自己说了些什么，她看着我的眼神里有慌张与歉意。

我怔怔地看着小曼，眼泪潸然而下。

“千云……”小曼的眼神里有显而易见的后悔之意。

“小千云……”雷也紧张地看着我，手忙脚乱地拿出帕子给我擦泪。“你别哭。”雷安慰我。

“拆，封。”不远处的艾登站起来轻声念了两个字。

转瞬间，原本在我面前为我擦泪的雷和不知所措的小曼都不见了，偌大的空间里只剩下艾登站在不远处满脸温柔地看着我。

艾登走到我身边，用温暖的指尖一点点拭去我脸颊上的泪珠，说道：“小曼并不是有意那样说的，你不要难过。”

“我知道她是无心的……我知道她只是被我气昏了头才口不择言……”我的语气带着轻微的颤抖，心情悲凉地问道，“艾登，是不是真的是我太自以为是了？”

艾登温柔地看着我，说道：“你的做法虽然还欠考虑，但是你的选择没有错。人魔大战即将开始，小曼跟在兰斯这个魔王的身边，一定会受伤害的。”

我难过地看着艾登，说：“可是小曼她……”

“你放心，她总会明白的。你也不要再跟她争论了，给她一点时间让她自己想想吧。”艾登打断我，语气轻柔地说道。

我轻声应道：“好。”

我的话刚出口，艾登忽然伸手捏了捏我的脸颊，目光温柔如月色。他说：“千云，你也不要再为你的小晴姐难过自责了。你的小晴姐绝对不是因为你而掉下悬崖身亡的，那只是一场意外罢了。”

我猛地看向艾登，满脸惊愕地问：“你怎么知道小晴姐……”

艾登温柔地一笑，说：“你忘了吗，你在那个地下洞穴曾经抵抗住了噩魔兽的蛊惑，顺利救出了我。我认识的千云可不是会被过去拖住脚步的软弱的人。”

第六章

关 系 破 裂 突 生 黑 魔 法

说完，艾登伸出手拂了拂我额前垂落的一丝头发。

一个恍惚，我好像又回到了与艾登初见时的场景。那个时候的我一心想救出艾登，甚至连重要的“小晴姐”都不能阻挡我的脚步。

原来从初见开始，艾登在我的心中就已经这么重要了吗？

至于艾登为什么会知道小晴姐的事，那是因为他自始至终都通过灵鸟看着我吧。

我看着艾登，粲然一笑，说道：“艾登，谢谢你。我终于可以对多年来的噩梦释怀了。”

“千云还是笑起来好看些。”艾登见我笑了，也跟着我一起笑。

我的脸直发烫，突然想起了消失的雷与小曼，便问道：“雷跟小曼呢？你把他们弄到哪里去了？”

艾登目光灼灼地看着我，说道：“我把他们分隔到不同的空间里了，难得我可以跟你独处。”

我扑哧一笑，说道：“原来是这样，我也好久没有跟你独处了呢。”顿了顿，我又说道：“这个真的是很厉害的魔法……你以后有时间也教教我好吗？”

艾登点头，笑容温柔地说：“好，以后一定教你。”

艾登很快就在我的要求下解除了魔法，放出了雷与小曼。

“艾登，你也太狡诈了吧，竟然单独留下劝小千云。”雷从封闭空间出来后，气呼呼地抓住艾登的肩膀说道。

艾登瞟了雷一眼，并不搭理他。

小曼站在不远处目光悲戚地看着我，张了张嘴却什么也没有说。

我正想走上前跟小曼说话，艾登按住了我的肩膀，说道：“现在先休息，有话明天再说，给她一点冷静思考的时间。”

我忍住想找小曼说话的心情，对艾登点了点头后，坐下来打算闭眼睡一会儿。

睡梦里，总有个朦胧的身影飘过，我拼命想看清楚他的模样，却总是看不清……

我猛地睁开眼睛，发现雷正蹲在我面前。

“小千云，你醒了？”雷说。

原来我不知不觉躺在地上睡着了。

看着盖在身上的毯子，我有些茫然地问：“这毯子是你给我盖上的吗？”

“不是，是艾登给你盖上的。”雷笑了笑，笑容里似乎藏着一丝落寞。

我抓着毯子的一角，只觉胸口一暖，艾登真是温柔。我看了一眼身边，发现小曼在不远处沉沉睡着，只是睡梦中仍是一副悲伤的模样。

我微不可闻地叹了口气。

小曼，你就这么舍不得兰斯吗？

“艾登呢？”我发觉艾登不在，不由得奇怪地问道。

雷笑容淡淡地答道：“天亮了，他出去探查情况了。”

“外面已经天亮了啊……”我捏了捏酸痛的四肢，对雷抱怨道，“睡在硬邦邦的地上果然不舒服。”

“这也没办法，小千云，你就体谅一下吧。”说着，雷就将目光转向了还在睡梦里的小曼，“我去把小曼姑娘叫醒，你再好好跟她聊聊，这一次可千万不要再吵起来了。”

我拉住雷的手腕，笑了笑，说道：“还是我去叫醒小曼吧。你放心，这一次我不会再跟她吵架了。”

说完，我掀开身上的毯子站起来朝小曼走去。我刚走到她身边，她就醒了过来，睁着一双眼睛静静地看着我。

“千云……”小曼爬起来，又看了我片刻，然后低声对我道歉，“对不起。”

看着这样的小曼，我一下子心软了，不想再因为昨天的事情为难她。我说：“你不要道歉，道歉的人应该是我……”说到这里，我抓住了小曼的肩膀：“对不起，小曼，昨天是我太自以为是了……”

小曼摇了摇头，说道：“千云，你不要这样说，我知道你是为了我好。而且我也有不对……我怎么可以拿小晴姐的事来刺激你呢？对不起，真的对不起。”她一副要哭出来的样子。

我轻轻一笑，回忆起往昔那场无法释怀的噩梦，说道：“自从小晴姐去世后，我就再也没有在你们面前提过她，好像真的把她忘记了一样，难怪你会误会。但是，小曼，我不提小晴姐并不是因为无情，而是因为害怕。你知道吗，我每晚都梦到她坠崖的画面……”

“不要说了！千云，你不要再说了！”小曼哭了起来，她紧紧地抱住我，说道，“是我不好，我明明知道小晴姐对你有多重要，还说出那样的话……对不起……”

我轻轻推开小曼，伸出手擦拭她脸上的泪水，说道：“我每天都在逼自己忘掉那一幕，可是我忘不掉，所以我只好强迫自己不再提起她，就当她从来没有出现在我的生命里。”说到这里，我忍不住自嘲道：“我这样做是不是很蠢？重要的人怎么可能想忘就忘？”

顿了顿，我又说：“可是，小曼，现在的我已经不会再害怕了，更不会怕被噩梦困住……小晴姐是为我而死的，她付出性命换取我的人生，我怎么能永远止步在过去的噩梦里！”

小曼怔怔地听完我这一大段话，眼泪不自觉地止住了，她安静地看着我，没有说话。

“小曼，我们和好吧，昨天的事情就别再提了，好吗？”我想了想，继续说道，“兰斯的事情，我总会给你想到一个两全其美的办法的，你耐心等等好吗？”

小曼轻轻点头，破涕为笑，说道：“嗯，我们和好吧，我会耐心等你想到办法的。”

“小曼……”

我与小曼相视一笑，之前再多的不痛快也全都烟消云散了。

“和好了？”不知道什么时候，艾登出现在我与小曼身边，他脸上是淡淡的笑容。

我吓了一跳，抬头看着艾登，问道：“你什么时候回来的？”

“从你提到小晴姐开始。”艾登温柔地看着我，说道，“恭喜你，终于可以摆脱长久以来的噩梦的纠缠了。”

雷也来到我们身边，一脸笑容地看着我说道：“虽然不知道你和你的小晴姐之间是什么情况，不过你能摆脱可怕的噩梦真的太好了。”

第六章

关 系 破 裂 突 生 黑 魔 法

我一脸感动地看着艾登和雷，心里暖洋洋的。

“对了，艾登，外面的情况怎么样？”雷看着探查回来的艾登问道。

“魔族已经离开妖乱之城了。”艾登皱了皱眉说道，“他们似乎走得很急。”

小曼听到兰斯他们离开的消息，表情随即暗淡了下来，忧郁地抿着唇不说话。

我握住小曼的手安慰道：“兰斯是魔族的王，身份特殊，一直待在这个地方对他来说也很危险。”

虽然是我强制性带走小曼的，但我还是不想让小曼因为兰斯真的丢下她而难过。

小曼“嗯”了一声，体贴地说道：“我知道的，只要他没事我就放心了。”

“既然魔族已经走了，那我们也离开吧。”雷伸展手臂，笑盈盈地看着我和小曼，说道，“虽然这次没有探查出魔族的阴谋，不过小千云找回了好友，我们这一趟也不算亏。”

我赞同地点点头，说道：“能找到小曼真的太好了！”说完，我紧紧地抓住了小曼有些凉的手。

小曼回握住我，对我灿烂一笑，眼里的阴霾全都消散了。

我们离开魔法空间后，就往城门走去。

早晨的妖乱之城犹如一座死城，街道上几乎没有行人，就算有那么一两个家伙，也是将自己隐藏在角落的阴影里，目光阴冷地打量着阳光下的街道。

我们正在路上走着，一支锐利的箭突然从上方射来，差一点就射中了我身边的艾登。

艾登与雷表情一变，我抬头望向房檐，看到那里有几个持着弓箭的身影。

“是兽族！”虽然隔得有些远，但我还是看出来房檐上射箭的是几个兽族的成员。

雷看了一眼艾登，问道：“这是怎么回事？我们没有得罪兽族吧？”

艾登一头雾水地对雷摇了摇头，说道：“他们来势汹汹，怕是不好对付。”

小曼被这一变故惊到了，紧紧抓住我的手臂，一脸害怕地说：“千云，这是怎么了？”

我连忙安慰她：“没事的，大概是有什么误会吧，你别怕。”其实我的心里也非常不安。

“兽族的朋友，我们几个只是路过，你们这是做什么？”雷抬头表情严肃地对着隐匿在四周房檐上的兽族问道。

四周一片安静，过了一会儿，一个粗犷的男声回答道：“你们这群狡诈的人族，赶紧把我们的大小姐还回来！”

大小姐？

我与艾登互看了一眼，很快反应过来。

雷显然也明白过来了，他急忙对那个兽族喊道：“这位兽族的朋友，

第六章

关　系　破　裂　突　生　黑　魔　法

你恐怕是误会了，我们并没有抓走你们的大小姐！”

“还敢胡说！”一个男人从房檐上跳了下来，他的力道瞬间震碎了地上的石块。

男人非常壮硕，身高有两米五左右，身上穿着一件厚重的、不知道用什么动物皮毛制成的衣服，领口竟然有个动物脑袋，一对尖锐的獠牙从动物脑袋的嘴里伸出，动物的眼睛瞪得老大。

小曼一看到男人的模样就吓坏了，害怕地说道：“他好可怕，千云，我怕。”

我急忙安抚小曼：“小曼，你别怕，我们都会保护你的。”

艾登看了一眼那个男人，说道：“抓走你们大小姐的是魔族，并非我们。”

男人双手握着两个大铁锤，一副要把我们吃掉的模样。他说：“少废话！我是亲眼看着你们抓走大小姐的！赶紧把我家大小姐还回来！”

我看着那个男人，语气镇定地说道：“你真的搞错了，我们没有抓你家大小姐，真正抓走你家大小姐的是魔族，我们是被他们陷害的！”

“少扯什么魔族！我不瞎！”男人指着艾登与雷，怒气满满地说道，“昨晚我看到就是你们两个家伙抓走我们大小姐的，还打伤了我们的护卫！”

艾登与雷都是一愣。

雷一脸莫名其妙地看着他们，说道：“喂！这位兽族先生，东西可以乱吃，话可不能乱说啊。首先，我根本不清楚你家大小姐在什么地方；其次，我跟你家大小姐无冤无仇，我抓她做什么！”

艾登沉默了一下，对男人说道：“你看到的应该是施展了幻觉魔法的魔族，并不是我们。”

“约翰尼，别跟他们废话！”一个兽族女人从上方跳下，将手里的徽章朝我们一扔，说道，“这是你们身上掉下来的徽章，我知道这是你们人族魔法师的证明！那是皇族颁发的，一人只有一枚！”说到这里，她冷冷地笑了起来，说道，“你们还要再狡辩吗？别人都说魔族可怕，我看你们人族才真正可怕！”

雷难以置信地看着地上的徽章，说道：“我的徽章怎么会……”

我也诧异地看着地上的徽章。艾登的徽章我没见过，但是雷的那枚我是有印象的，这的确是他的！

“雷，这是怎么回事？”我惊讶地问雷。

雷也是一脸茫然，说道：“我，我也不知道……”说着，他急忙往身上摸索。摸了一阵后，他的脸色瞬间发白，说：“我的徽章没有了……小千云，我没有抓她……我……”

看着手足无措的雷，我急忙安抚道：“雷，你先别慌！我们都相信你，这肯定是那几个魔族的诡计！”

雷对我点了点头，脸色很不好地看向艾登，问道：“艾登，这到底是怎么回事？”

艾登淡定地看着雷，说道：“魔族有一种魔法可以隐匿自己的气息让人无法察觉，你恐怕被魔族的人用这魔法近了身，不知不觉中被偷走了徽章。”顿了顿，他又说道，“我的那枚徽章，我一直放在皇城，并不在我的身上……看起来，魔族从一开始就把一切算计好了，我们中招了。”

第六章

关 系 破 裂 突 生 黑 魔 法

我与雷怔了怔，瞬间明白了。

同时我也想了起来，我当时躲藏的地方离那三个魔族并不远，他们那么强大，怎么可能察觉不到我的气息？

我恨恨地说道：“原来从一开始我们就被他们算计了！”

雷叹了口气，目光忧虑地看着已经将我们团团围住的一大群兽族，说道：“那现在怎么办？这群家伙是不会听我们解释的！”

“我拖住他们，你带千云与小曼走。”艾登冷静地说道，一副并没有把面前这群兽族放在眼里的样子。

雷重重地对艾登点了点头，说道：“好，你自己小心。”

我抓住艾登的手臂看着他，心里有千言万语涌出，却又一句也说不出来。

“很快就会结束的，你不必担心我。”艾登对我轻轻一笑，笑容如朝阳般夺目。

我深深地看着他，说道：“我在城外等你。”

雷一手拉着我，一手拉着小曼，施展出瞬移魔法。

刹那间四周的景物飞速挪动，我隐约间听见兽族叫喊着要拦住我们，但被艾登挡住了。

一个恍惚，我们已经出现在了城外不远处一片偏僻的小树林里。

雷放开我与小曼的手，说道：“我去牵飞马，你们在这里等我。”

我点了点头，说道：“你快点回来。”

小曼从刚才的变故中回过神来，一脸无助地问我：“兰斯抓走了他们的大小姐……那个大小姐又是谁？兰斯为什么要陷害你们？”

我缓了口气回答道："小曼，这件事情很复杂，我一时半会儿没有办法给你解释清楚。总之，你不能再靠近魔族了。"

小曼抿了抿唇，温柔地说道："千云，我与兰斯相处这么长的时间，觉得自己已经足够了解他了，他真的不是可怕的家伙，虽然他看起来冷冰冰的，不近人情，其实他只是害羞。"

我若有所思地看着小曼，说道："小曼，我明白的，兰斯的可怕在于他的魔力，而非他这个人……只是他终究是魔王，是魔族的领头人，他这样的身份，是没有办法与我们和平共处的。"

说起来也奇怪，我明明很讨厌魔族，对兰斯却没有那么厌恶，哪怕他的身份是魔王。

我看着身边的小曼，心想，或许是因为他这段时间对小曼的照顾让我的感激之情多过厌恶之情吧。

"喀喀。"

是艾登的声音！

我与小曼一齐扭头看过去，果然看到了他。

艾登靠在一棵枯树上休息，身上的衣服沾了不少血迹。他的脸色略微有些苍白，左手臂上有一道很深的伤口，正不断地流血……

"艾登！你没事吧？"我急忙跑到艾登身边问道。这是我第一次见到艾登受伤的样子，因此特别慌张。

艾登看了我一眼，说道："没事。"他的声音沙哑了许多。

我动用治疗魔法小心翼翼地将他手臂上的伤口治愈，而后动手去掀他的衣服，习惯性地想检查他身上有没有受伤。

第六章

关 系 破 裂 突 生 黑 魔 法

艾登被我的举动吓到了，苍白的脸上透出微红。

“我身上没有伤口。”他说。缓了缓，他又说道，“衣服上的血不是我的。”

闻言，我放下心来，用手掌擦了擦他脸上的汗渍，说道：“你先好好休息一下，雷去牵飞马了。”

艾登轻轻地点了点头，闭上眼睛休息。

小曼的目光在我与艾登身上转了几圈，表情似乎有些困惑。“千云对艾登先生很亲昵呢，看着不像是朋友……”她说。

我被小曼无心的话说得一愣，脸颊顿时发烫，同时又敏锐地察觉到，我对艾登的感情早已超出我对朋友的定位。

难道我喜欢上他了？

我不禁倒吸一口凉气。

“千云，我是不是说错什么了？”小曼见我的表情突然变得奇怪起来，有些慌张地问道。

我勉强笑了笑，说道：“没有……”

说话间，雷已经驾着飞马拉着的马车回来了。

他将马车停在小树林外面，喊道：“快上来，兽族那群家伙似乎又叫了帮手！”

“嗯！”我急忙拉着小曼坐上马车。

艾登也在雷的搀扶下上了马车。

因为艾登已经筋疲力尽，所以这一次使用魔法驾车的是雷。

“去皇城。”艾登靠在车厢上，低声说道。

“嗯！”雷急忙应了一声，驱赶飞马飞快地跑了起来。

飞马奔驰了一天一夜后，终于在第二天一早来到了布伦特帝国的皇城——安格斯。艾登与雷把早已疲惫不堪的我和小曼安排在了一家还算不错的私人住所。

进入房间后，我和小曼倒头就睡——马车上实在难以入睡！

当我再次醒来时，窗外的天空已经变成橘黄色，而我身边的小曼依旧睡得很香甜。

我下了床，准备去浴室洗个澡。就在我放好热水准备泡澡时，屋内传来了一声惊呼。

是小曼的声音！

我急忙从浴室走出去，看到床上坐着已经醒来的小曼，她正惊恐地看着面前的两个不速之客。

“米娅公主……”我把目光转向了门口的米娅与她的骑士。

小曼睁着一双大眼睛问道：“千云，你认识他们？”

米娅却指着小曼，语气尖锐地说道：“你这个魔族是怎么混进安格斯的？”

我暗叫不好，我忘了让艾登用魔法给小曼改变黑发与黑眸了。

我站在小曼前面，挡住米娅的视线，辩驳道：“她不是魔族！”

米娅不屑地一哼，说道：“本公主又没瞎！”

说着，她扭头吩咐身边的肖恩：“快点把这个该死的魔族抓起来！”

第六章

关 系 破 裂 突 生 黑 魔 法

“你们敢！”我的表情一冷。

“本公主有什么不敢的！”米娅冷冷地一笑。

“你们在做什么？”这时，艾登与雷从门口走进来，两人都是一副疲累的样子。

艾登表情冷淡地看着米娅。

“艾登！”米娅一见到艾登，眼睛就亮了起来，“我听说父王召你进皇城，便特地在这里等你回来。”

艾登瞟了米娅一眼，语气冷淡地说：“我现在有重要的事情要和千云她们商议，麻烦你回避一下。”

米娅怔了一下，狠狠地瞪了我一眼，就气冲冲地带着肖恩离开了，完全忘记了要抓走小曼的事情。

“你们神色不太好，出什么事了？”我看着艾登与雷问道。

雷苦着一张脸说道：“兽族要与魔族联手来攻打人族。”

我叹了口气，说道：“意料之中的事。”顿了顿，我又问：“皇族的人要你们做什么？”

艾登揉了揉太阳穴，语气忧虑地说道：“皇族要我们找回兽族的大小姐露丝，证明人族是无辜的。只是……恐怕来不及了。”

我一惊，急忙问道：“怎么来不及了？是皇族给的时间太少了吗？”

雷替艾登回答道：“不是的，是魔、兽两族已经决定在五天后攻打布伦特帝国第一防卫城——康斯坦斯。”

康斯坦斯这个城镇我是知道的，它是布伦特帝国的第一道防线，犹如布伦特的大门。如果魔、兽两族真的攻破了那里，恐怕整个布伦特帝国的百姓们就要陷入恐怖的战火之中了！

“若是只有魔族，康斯坦斯未必守不住，但是如今多了兽族……”艾登没有再说下去，但他话语里的担忧，我与雷都了然于心。

“五天真的太仓促了，我们根本来不及找回露丝！”事情的严重性已经远远超出我的预料。

小曼原本静静地听着我们说话，这时忽然插话道：“千云，你能把人魔两族的恩怨告诉我吗？”

我诧异地回头看向床上的小曼，说道：“你想知道？”

“因为只有知道了两族的恩怨，我才能帮到你们。”小曼的脸上带着异常坚定的神情。

我轻轻点头，说道：“好，我把我知道的全部告诉你。”

说着，我就坐到了小曼身边，将我所知道的情况不带任何个人想法地全部告诉了她。说完后，我又把兽族大小姐的事情详细解释给她听。

小曼听完后久久沉默着，她的神情从最开始的期待变成讶异，然后又变成了困惑……

“千云，我要一个人想想。”

小曼果然难以接受，毕竟她之前在魔族生活过。

“好。”我拉着艾登与雷走出房间。

我看着身边的艾登和雷，笑了笑，说道：“你们也累了一天了，去休息吧，事情总能想到解决办法的。”

艾登似乎是真的累了，他对我点点头，然后转身进入了对面一个房间。

第六章

关 系 破 裂 突 生 黑 魔 法

雷却没有去休息，他站在我身边，一副欲言又止的样子。

“你有什么话就直说吧。”我看着雷纠结的模样，忍不住笑了起来。

雷轻声说道：“你刚才既然已经把事情跟小曼姑娘说清楚了，不如趁这个机会劝劝她吧。”

我一愣，问道：“劝什么？”

雷一边思考一边说道：“我看小曼姑娘是个很心软的人，肯定不愿见到这样生灵涂炭的场面……而魔王兰斯对她似乎真的很不错，如果让她去劝兰斯停止对康斯坦斯的进攻，或许会有用。”

我皱了皱眉，说道：“魔族费尽心机才成功诱骗兽族进攻人族，不可能劝解得了吧……”

“魔族憎恨人族，不愿意停手，但并不代表兰斯也不愿意停手。他虽然是一族的王，但是我听闻他并不怎么管魔族的事，真正策划战争的是他手下的那三个家伙。而且我看他对小曼真的很好……”说到这里，雷轻轻一笑。

我觉得雷的话有几分道理，便点头说道：“那我去跟她说说。”

其实我也觉得兰斯未必憎恨人族，说不定这是一个化解两族恩怨的好机会呢。

我再次进入屋内时，小曼正站在窗前静静地看着窗外的风景。

“小曼。”我开口叫道。

“千云。”小曼回头看着我，笑着说，“我不想看到兰斯与你们为敌。”笑着笑着，她忽然流下了眼泪。

“我也不想看见康斯坦斯生灵涂炭的场景。”我上前握住小曼的手，说道，“小曼，你去找兰斯吧。”

小曼惊讶地看着我，说道：“你不是让我远离他吗？”

“你不是一直让我相信你吗？那么现在我愿意相信，如你所说，兰斯不是坏人！”我紧紧握住小曼的手。

小曼睫毛微颤，说道：“我一定会尽力阻止和劝解兰斯的。千云，你放心！”

我欣慰地看着小曼，说道：“康斯坦斯所有人的性命就托付给你了。”

小曼一脸郑重地看着我，说道：“我不会让康斯坦斯的人受到魔族与兽族的任何迫害，我也会尽力劝解他们放下与人族的恩怨，因为他们真的很温柔啊。”

我突然有些烦恼，说道：“只是不知道要怎么把你送回兰斯身边……”

小曼有些不好意思地笑道：“其实我身边有兰斯给我的独一魔法道具，只要有了它，无论我与兰斯相隔多远，他都能迅速来到我身边。”

所谓的独一魔法道具，是一种危急时刻救命的召唤魔法，被召唤的人无论相隔多远只要愿意都能被召唤而来……只是演变到现在，它已经成为了情侣表达情感的魔法道具。

“那明天出了城再试，城内不安全。”我看着小曼说道。

“好，都听千云的。”小曼微笑着回答。

而后我把这件事告诉了艾登，他想了想，对我说要去叮嘱小曼几句。

我没多想，让他去了。

第六章

关 系 破 裂 突 生 黑 魔 法

“明天就让我送小曼姑娘去城外吧。”得知小曼同意了，雷非常高兴。

我一脸笑容地说道：“我跟你一起去送她。”

雷笑盈盈地问道：“那要叫艾登一起去吗？”

我犹豫了一下，说道：“不用了，我觉得他很疲惫，让他好好休息吧。”

“好。”雷爽朗一笑。

第二天一大早，我与雷将小曼送到了城外的一片小树林里。小曼启动了道具，果然转瞬间就召唤出了兰斯。

小曼见到兰斯，非常高兴地叫道：“兰斯！”

兰斯轻轻地“嗯”了一声，伸手拥住小曼。他虽然还是一副面瘫脸，但是我能捕捉到他眼眸里那一瞬间的欣喜。

原来，不仅是花恋慕上了蝴蝶，蝴蝶也爱上了花。如果是这样，那么小曼一定可以劝解兰斯，康斯坦斯的百姓看来有救了。

“看样子兰斯与小曼姑娘是两情相悦。”雷轻声说道。

我微微叹了口气，说道：“我是不希望花恋上蝴蝶的，因为终究不是一个世界的人啊！”

雷愣了愣，没有回话。

“抓住他！”

忽然，几个魔法光球朝小曼与兰斯袭去。

“小曼！”我吓得呼吸都要停止了。

小树林里忽然出现了一批士兵与魔法师，其中一个穿着华贵的男人走到我们身边，满意地看着我，说道：“你就是负千云吧？陛下很满意你这个计划！没想到真的可以这么轻易地把魔王骗过来。看起来魔王的确很喜欢你这位朋友呢！我们该好好谢谢她！哈哈哈！”

“什么计划？你不要胡说！”我惊恐地瞪着这个男人。

被兰斯护在怀里的小曼难以置信地喊道：“千云，你骗我！”

“不是的！我没有！我根本不知道他在说什么！”我惊慌地对小曼解释道。

“你现在装傻也太晚了吧！”男人嗤笑着看着我，说道，“你自己不是也说朋友怎么能与人族那么多的性命相比吗？陛下很欣赏你对人族的忠心，决定赏你一个爵位！高兴吧？”

小曼的脸色瞬间变得煞白，她看着我说不出话来。

“你就是少小曼吧？陛下说了，看在你引诱出魔王的分儿上，就不计较你魔族的外貌了，他会把你当成人族的子民看待的。”男人说得十分起劲，“你也不要怪你朋友，这是没办法的事，她毕竟是人族，怎么可能会相信魔族呢？”

“不是的！小曼，你不要听他胡说！我没有！我真的没有！”我拼命解释，心里从来没有这么害怕过。

“还要装傻！你看魔王身上的小玩意儿已经起效了呢！”男人指着脸色开始变得苍白的兰斯，得意地说。

我与小曼这才发现兰斯的身体在不停流血。原来他之前为了保护小曼而没能躲开攻击，现在的他看起来十分虚弱。

“你在说什么？”小曼睁大眼睛问男人。

“我说你的好朋友在你身上撒了一点小玩意儿，这小玩意儿在你接触到魔王时，就会转移到他的身上，让你的魔王大人失去力量变成一个废物，变成废物的魔王可是会轻易被我们杀死呢。”男人笑嘻嘻地解释道。

兰斯紧紧地皱着眉头，表情看起来很痛苦，看情况那个什么小玩意儿真的存在。

“千云——”小曼痛苦地大叫一声，“你怎么能这样骗我！我明明知道你讨厌魔族，我竟然还相信你！”

“我没有骗你，我真的没有！”我拼命地辩解。

雷也在一旁说道：“小曼姑娘，我敢保证小千云没有骗你！这肯定是皇族的阴谋……”

“闭嘴！你们都是骗子！”小曼完全失控了，她恶狠狠地瞪着我。

我从来没有见过她这副样子，只觉得无措极了。

“你们还傻站着干什么，赶紧把魔王抓起来！他现在可是连废物都不如呢！哈哈哈……”男人大笑起来。

“你们谁敢动兰斯！”小曼的身上突然溢出纯黑的光芒，可怕的黑魔法瞬间就将上前抓兰斯的魔法师全部击退。

黑魔法化作无数利刃往士兵与魔法师身上刺去，他们根本无法抵挡，只能一边惨叫一边逃跑，那个趾高气扬的男人被瞬间刺穿了腹部。

就在我看呆的时候，一支锐利的箭从林间射了过来，正好射中我的右腿。

剧烈的疼痛顿时让我的意识变得模糊，我重重地摔倒在地。

我吃力地抬头望向箭射来的方向，竟看到了一张熟悉的面孔。

是米娅，举着弓箭的米娅！

“小千云！”

“千云！”

这时，两个熟悉的叫唤声传来，而我陷入了浓浓的黑暗之中。

第七章

瘫痪噩耗后深情告白

广袤的土地上矗立着一座通体雪白的宫殿，美丽的少女拿着花朵站在台阶上，一脸温柔地看着面前的青年。

我怔怔地站在宫殿的台阶下看着少女与青年，他们身上笼罩着淡淡的光芒。

我看不清他们的面容，只觉得似曾相识……

“露西娅……”

隐隐可以听见青年这样唤着少女，温柔的语气那么熟悉。

“千云！”

一个恍惚，我睁开了眼睛。

艾登与雷正面露担忧地站在我床前，见我醒来，他们都不由得松了口气。

我的意识还不是很清醒，大概还没有从刚才的场景里回过神来。

“小千云！”雷满脸担忧地看着我，“你睡了三天三夜！我真的好担心你！”

三天三夜？

第七章

瘫 痪 噩 耗 后 深 情 告 白

我睡了那么久吗？

奇怪，我怎么会突然睡着呢？

我记得我与雷送小曼去见兰斯，然后……

记忆浮现的瞬间，我猛地坐起来喊道：“小曼与兰斯呢？”

艾登平静地回答：“他们被魔族的人及时救走了。”

我掀开被子就要下床，嘴里不断喊道：“我要去找他们！我要跟小曼解释清楚……”

“你别动。”艾登急忙拦住我。

我被艾登一拦，才猛然发觉双腿使不上力。

我伸出手用力捏大腿，但无论多使劲，我都感受不到一丝痛楚！

脑海中闪过一个念头，我像是被人用一桶冰水从头浇到脚，浑身冷得发颤。

“小千云……”雷一脸悲伤地看着我，说道，“对不起，我的治疗魔法无法治愈你……”

雷的话终于让我内心的惊慌爆发，无助感猛烈地袭来。

雷是这个帝国最优秀的治愈魔法师，如果他都治愈不了我，那还有谁可以治好我？我真的要瘫痪了吗？

视线转移，我突然瞥见了右腿上的伤口。是箭伤！我终于想起来了，在小曼失控的瞬间，有人射中了我的右腿！是米娅！

“我不是只被射了一箭吗，为什么会这样？”我惊恐地询问艾登和雷，但他们只是沉默着不回答。

“箭上淬有魔花的毒素，人族暂时还没有研制出解药。我耗尽魔力才将毒素控制在你的下半身……”雷再三犹豫后轻声对我说道。

我就说，一支箭怎么可能就让我下肢瘫痪，原来真正厉害的是箭上的毒！米娅果然还是想置我于死地！

“小千云，关于小曼的事情……”雷犹豫地看着我，一副难以开口的模样。

我惊了一下，脱口问道：“小曼怎么了？”

雷声音低沉地说道：“小曼身上似乎天生就有魔族的魔气，说起来你可能不会相信，她很有可能就是魔族……昨天的事大大地激发了她的魔气，让她变得异常强大。她现在因为你为了人族欺骗她，设计要杀死兰斯的事，已经完全变得不可理喻了，她……”雷说到这里停顿了下来，似乎在思考该怎么说才能不刺激到我。

“小曼代替受伤的兰斯成为了新的魔王，亲自带领魔族大规模攻打人族。”艾登平静地将雷未说出口的话说了出来。

“什么？”我简直不敢相信自己听到的，小曼竟然带领魔族攻打人族？

雷一脸悲痛地说：“就在你昏迷的这段时间内，小曼已经联合兽族攻下了康斯坦斯……”

我如同被雷电击中胸口，痛得浑身发抖。

艾登坐到我身边按住我的肩膀，语气轻柔地说道：“我知道你现在很难接受小曼的事情，但是身体要紧，你不要太伤心了。”

第七章

瘫痪噩耗后深情告白

“艾登说得没错。”雷赞同地说道，“小千云，我去拿些吃的给你。你都睡了三天了，肯定饿坏了。”说完，他转身走出了屋子。

屋内只剩下我跟艾登两个人，我抓住艾登的袖口，语带颤抖地说道：“是米娅！这一切肯定都是米娅做的！”

艾登皱了皱眉，说道：“你指的是什么？”

“朝我射出毒箭的人就是米娅！”我气得发抖，咬牙切齿地说道，“让小曼产生误会的那个男人以及那群魔法师和士兵肯定也是她派去的！因为你，她早就恨死我了！”顿了顿，我不安地看着艾登问道，“但是，为什么她会知道我与雷要在哪里送走小曼？还有小曼身上那个小玩意儿又是怎么弄上去的？”

艾登听完我的话，思考了片刻，说道：“皇城里到处都是皇族的眼线，他们想知道我们的情况并不是难事……至于那个小玩意儿，应该是附在了侍女身上，然后传递到了小曼身上。”

听到艾登的话，我开始细细回忆。那天晚上确实有个侍女进入房间为我与小曼送食物，她当时似乎还碰到了小曼……

我忍不住看了艾登一眼，他真厉害，无论什么时候都能理智地把情况分析给我听。

“艾登，米娅要杀我，我不能再任她宰割了，你帮帮我！”我内心的怒火已无法轻易扑灭。

艾登诧异地问道：“你要我做什么？”

恨意涌上心头，我脱口说道：“杀了她！”

艾登微微一怔，似乎不敢相信我说了什么。

“你知道自己在说什么吗？”

我紧紧地按住胸口，全身轻微颤抖。我说：“我知道这样做是不对的……可是，她一次又一次想要夺我性命！因为她，我现在已经瘫痪了！可就算这样，她也未必会放过我！所以，只有她死了，我才能真正安全！”

听完我的话，艾登突然抓住我的肩膀，坚决地说道：“我是不会同意你这个请求的，米娅绝不能死！”

我愤怒地看着艾登，无比失望地说：“你不是说为了我可以得罪整个布伦特帝国吗？可是真要让你与他们为敌时，你却害怕了吗？”

艾登眉头一皱，叫出我的名字：“千云！”

“你不杀掉米娅不就是因为忌惮她公主的身份吗？说到底，你根本就不敢为了我与米娅对抗！你就是个胆小鬼！骗子！”我越说越口无遮拦，说到最后，心里的难过甚至超过了小曼的事对我的打击，“说好的要保护我，到头来还不是置我的生死于不顾！”

“千云！”艾登似乎生气了，原本带笑的表情完全冷了下来。

我红着眼睛看着艾登，冷冷一笑，说道：“骗子！”

艾登眯了眯眼睛，说道：“你……”

“你们俩这是怎么了？一副要打起来的样子……”此时雷刚好端着食物回来了，他发现我和艾登之间的气氛不对，奇怪地问道。

“走！”我冷冷地吐出一个字。

第七章

瘫 痪 噩 耗 后 深 情 告 白

“小千云，你说什么？”雷把食物放在我床边的桌子上，诧异地看着我。

“你给我走！我现在不想看到你！”我指着艾登，心里的怨气几乎要从胸口溢出来了。

雷吓了一跳，难以置信地喊道：“小千云！”

艾登几不可闻地叹了口气，站起来看着我说道：“你好好休息吧，等你冷静下来，我再来找你。”

闻言，我扭过头根本不愿意再理他。

见我这样，艾登没再说什么，转身走出了房间。

一旁的雷小心翼翼地问我：“小千云……你没事吧？”

我瞟了雷一眼，语气依旧很不好：“你也出去，我想一个人待一会儿。”

雷担心地看了我一眼，说道：“好……那你记得吃饭啊，别饿着自己。”

见雷如此担心我，我忽然觉得不该把对艾登的怒火发泄到他身上，便强迫自己露出一个笑容，说道：“雷，谢谢你……我不会饿着自己的。”

“那我出去了，有事随时叫我们。”雷见我笑了，脸上紧张的表情消失了，放心地走出了房间。

雷离开后，我忍了很久的眼泪终于如决堤的洪水般汹涌而出。

小曼的转变、艾登的冷漠、我自己的瘫痪，都犹如大铁锤般狠狠击打着我的心脏，令我痛不欲生。

我紧紧地抓住身上的棉被放声大哭。我很久没有这样悲伤地痛哭过了，好几次险些喘不过气来。

自从我瘫痪后，艾登和雷就请了一个小姑娘来照料我的日常起居。雷每天都会来陪我，给我解闷。至于艾登……自从那天之后，我再也没有见过他。

虽然我因为米娅的事情迁怒于艾登，但是他真的不再来看我，我内心的难过竟比他拒绝帮我除掉米娅更甚。我忍不住想，或许在他心中，我就是可有可无的吧！

“小千云，你又只吃了一点点。”雷看着桌子上几乎没动的食物，眉头一皱，说道。

我仿佛失去灵魂般轻声应道：“我吃不下……”

雷坐在我面前的椅子上，叹了口气，说道：“小千云，我知道你还在为自己与小曼的事难过，可是难过归难过，饭还是要好好吃的，你不好好吃饭，身体怎么能养好呢？”

我冷笑了一声，说道：“我现在这样就算养好了身体又能怎么样？不过是个连路都走不了的废人罢了！”

雷急忙伸出手捂住我的嘴巴，说道：“小千云，你千万不要这样说。”

他看着我的表情带着难以掩饰的温柔，说道：“我一定会想办法治好你的，我以我的荣耀起誓。所以，小千云你不要再灰心下去了，我认识的你可是最坚强的！”

以我的荣耀起誓。

听到这句话，我的胸口骤然一痛，艾登曾经也这样信誓旦旦地对我起过誓，可惜他最终还是没有做到对我承诺的事。

我拨开雷的手，突然有些感动。我说：“雷，谢谢你……你说得对……我的确不能一直这样灰心下去。”

雷松了一口气，说道：“小千云能这样想就太好了！”他端起桌上的黑森林蛋糕递到我面前，说道，“既然决定振作了，就要好好吃东西。”

我轻轻地“嗯”了一声，将雷递过来的食物慢慢地吃掉。

吃饱喝足后，雷没有像往常一样端着餐盘离开，而是依然坐在椅子上认真地看着我，似乎在考虑些什么。

我被雷盯得有些不自在，问道：“怎么了？”

“小千云，艾登做不了的事情，我可以帮你做。”雷明明一脸笑容，说出口的话却犹如冰块一样冷。

我对雷摇了摇头，说道：“你跟艾登不一样……你没有必要为我得罪整个布伦特帝国。”

原来雷已经知道我跟艾登吵架的原因了，可是我万万没有想到，连艾登都不愿意做的事情，雷竟然愿意替我去做，这让我心中越发感动了。

雷收起脸上的笑容，很认真地问我：“我跟艾登有什么不一样？他能为你做的事情，为什么我不能做？”

“你跟他……”我怔了怔，突然不知道该怎么回答。

艾登与雷应该没有什么不一样吧，他们都是照顾我的友人兼魔法老师，在我心中，他们的地位应该是对等的才对，可是为什么我的第一反应永远都是去依赖艾登呢？甚至觉得艾登为我做的一切都是理所当然的，好像我是他应有的负担似的。可是对于雷，我从没有过这样的想法——我与雷之间没法像我跟艾登那样亲密。

雷见我半天没有说下去，突然转移了话题：“小千云，你喜欢我吗？”

雷问得很自然，我也回答得毫不犹豫：“喜欢呀。”

雷的眼睛里仿佛藏着万道光芒，他问：“那你对我的这种喜欢是哪种喜欢呢？”

我很干脆地回答：“朋友。”

我的确喜欢雷，只是这种喜欢并不是恋人之间的那种爱恋和依赖，而是朋友之间的信赖与珍重。

雷轻轻地“哦”了一声，眼眸里的光芒暗淡了几分，脸上的笑容却越来越灿烂。他说：“可是，小千云，我对你的喜欢可不只是朋友啊……”

我心头一震。

虽然我之前隐约感觉雷对我的感情不同于友情，只是没有想到他对我的感情竟然会是爱情。

“小千云，在见到你的第一眼，我就明白我跟你是做不了朋友的。我喜欢你，恋人之间的那种喜欢。”雷一脸深情地望着我，语气温柔至极，

第七章

瘫痪噩耗后深情告白

“所以，你愿意跟我在一起吗？”

“我……”雷的深情告白让我一时间不知该如何反应。

没想到我处在人生最低谷的时候，竟然会听到如此温柔的告白，而且告白的人是一直被我当成好友的雷。

人生中第一次被告白虽然令我很感动，可是我内心很清楚，对于雷，我没有恋人的那种感情。

如果是艾登对我表白——这个想法让我的心头猛地一颤，我几乎是瞬间便红了脸。

原来是这样吗？原来我对艾登是这样的感情吗？所以面对他的拒绝，我才会如此难以接受，如此生气。负千云啊负千云，你才是那蠢蠢的恋着花儿却不自知的蝴蝶！

“雷……对不起。”我一脸歉意地看着笑容满面的雷，说，“我对你……并没有爱恋之情，所以不能与你在一起！”虽然内心非常抱歉，但我说出口的话相当果断，不留情面。

雷的笑容凝固在唇边，他深深地看了我一眼，说道：“我明知道你不会与我在一起，却还是傻傻地抱着一丝希望来问你……”

见雷这样，我更加愧疚了。我说：“雷，真的对不起……我们就这样做朋友难道不好吗？”

雷轻轻地笑了笑，眼眸里是深不见底的黑暗。他说：“朋友会想拥抱你、亲吻你吗？”

我没想到雷会突然说出这样的话来，一时间愣在那里没有回话。他却突然站起身背对着我。

沉默片刻后，雷再次转身看着我时，已经换上平时灿烂的笑容，眼底深沉的黑暗也已烟消云散。

“小千云，你好好休息，我晚点再来看你。”雷微笑如常，端着餐盘离开了。

我蜷入柔软的棉被中，内心久久难以平静。

拒绝雷的告白固然让我有些难受，但更让我难受的是我对艾登的感情……在与艾登赌气冷战的情况下明白自己对他的爱慕之情，这简直比被米娅射一箭还要令我痛苦难忍。

我那天所说的话一定让艾登又生气又难过吧，以至于他现在都不愿意来见我。

其实经过这段时间的冷静，我虽然还不能完全放下对米娅的怨恨，但我已经没有想要杀掉她的想法了。我当时肯定是气疯了才会对艾登提出那样的请求。无论怎么样，杀人终究是不对的，我怎么能为了米娅这种家伙背负上杀人的罪责！

“艾登……”我躲在被子里，流下了眼泪，“对不起……”

可惜这声道歉不能亲口跟他说，他现在一定不想见我。

又过了几天，我突然发现瘫痪的下肢可以动了。我抑制不住内心的激动，急切地伸出脚踩在柔软的地毯上。

第七章

瘫痪噩耗后深情告白

我试着走了一小步，虽然歪歪斜斜的，力道还有些控制不准，但脚下的触感真真切切地告诉我，我的腿确实好了！

我满怀喜悦，扶着墙壁在宽敞的屋子里慢慢地走了一圈，总算找到了一些往昔走路的感觉。

等差不多适应后，我放下扶着墙壁的手，尝试奔跑，结果刚跑了一小步就朝地板摔去。

唉，看来想要完全恢复还需要一些时间。我暗想。

不过我并没有倒在冰冷的地板上，而是落入了一个并不陌生的怀抱。

“小心些。”艾登熟悉的声音在头顶响起，他将我牢牢圈在怀里，动作一如往昔般温柔。

我愣了愣，随即推开他，迟疑地抬头去看他。七八天未见，他似乎瘦了些，不过脸上还是带着熟悉的笑容。

明明才七八天没有见面，我却有种恍如隔世的感觉。眨眼间，眼泪毫无预兆地掉落下来，把我和艾登都吓了一跳。

“千云似乎变得爱哭了。”艾登用温暖的掌心轻轻为我擦拭掉泪水，浅浅地笑道。

我闷声说道：“我现在变得爱哭还不是因为你……”说着，我自己也伸出手胡乱地擦着脸上的泪水。

“是啊，的确是因为我。我明明是希望你一直笑着的，可是自从米娅出现后，你的笑容不仅越来越少，而且连眼泪都开始多了起来……”艾登看着我的眼眸里有深深的疼惜。

“艾登……”我怔了怔。

我很少听到艾登用如此深情的语气说话。以前的他，无论面对多么紧要的事情，语气永远都是淡定冷静的。

“对不起，千云，让你那么难过。”艾登轻轻拥住我，叹了口气继续说道，“虽然我现在不能告诉你原因，但是请你相信我，我不答应你并不是因为我畏惧米娅与她背后的势力……”

我也伸出手抱住艾登，轻轻地说道：“我相信你！”顿了顿，我苦涩地说道，“其实该说对不起的人是我……我不该把对米娅的怨气发泄在你身上，更不该强迫你去做那种疯狂的事情……你可不可以不要再生我的气了……真的对不起……”

艾登微微一笑，说道：“我知道千云只是气昏了头才会说出那样的话，而且我也没有生气。”

我埋怨地看了艾登一眼，说道：“你骗人！你要是没有生气，为什么这么多天不来看我？”

“没有来看你是因为我去了卡梅伦。”艾登把我扶到床上坐好。

我惊讶地问：“传说中的精灵之地？”我曾经听雷说过，卡梅伦是精灵一族生存的神秘国度。

艾登点了点头，说道：“精灵之地种着一种能解万毒的果实。”

我心里一震，明白过来，说道：“所以我现在能走是因为那种果实吗？”

“是，昨天我把果实掺在蛋糕里让雷送过来给你吃了。”艾登揉了揉我的头发，说道，“不过短短一天就能让你行走……这果实的厉害之处也是我没预料到的。”

我没想到在那样激烈的争吵后，艾登不仅没有生我的气，还跋山涉水去给我找解毒的果实，我感动得几乎要哭出来了。

“你看上去瘦了很多……这几天的奔波一定让你很累吧，你还是去好好休息休息吧。”一想到之前自己对艾登的种种负面看法，我就恨不得扇自己两巴掌。

“我已经休息得足够多了。”艾登看着我的眼睛里是浓浓的温柔，他说，“虽然雷在信里一直说你很好，但我总是放心不下……不过亲眼看到你之后，发现你果然如他所说的那般，我也就放心了。”

我被艾登的话语感动，只觉幸福至极，顿时觉得这世界上再也没有什么比他担心我更令我高兴的事情了。

我看着面前的艾登，脱口问道：“艾登，你为什么对我这么好？”

艾登脸上的笑容越来越灿烂，他反问我：“你觉得是因为什么？”

“因为你……喜欢我？”我想也没想就说出口来，等说完后，脸瞬间发烫，心脏也快要从胸腔里跳出来了。

艾登用几乎可以腻死人的温柔目光看着我，说道：“是，因为我喜欢千云。”

“是哪种……喜欢呢？”我捂住发烫的脸，再次确认自己在艾登心目中的地位。

“从第一次遇到你，我就知道，我等的人终于来了。”艾登唇边是如春风般的微笑，眼眸里的深情让我无法自拔。他温柔地说："千云，这世界万千风景，你愿意陪我去看吗？"

我甜蜜地看着艾登，已经抑制不住地笑了出来。我说："愿意，我愿意陪你去看。"

"千云，我喜欢你。"艾登笑容满面地看着我说。

"我也喜欢你。"我也笑容灿烂地看着他。

"你在屋子里待了很久，我带你出去透透气吧。"互相表明心意后，艾登牵起我的手打算带我出去。

我眼睛一亮，说道："好！这几天一直待在屋子里，简直快闷死我了！"

得到我的同意后，艾登利用瞬移魔法把我带到了皇城外的郊区。郊区的平地上坐落着几座矮小的木屋，屋前绿茵茵的草地上，几个孩子正在玩耍嬉戏。远处，天空飘着几个五彩缤纷的魔法球，它们伴着夕阳的余晖缓缓落下……

"这里好美啊！"看着眼前美丽的景色，我只觉得这几天堵在胸口的闷气全都消散了。

"喜欢吗？"艾登温柔地凝视着我。

"喜欢！"我笑容灿烂地看着身旁的艾登，说道，"就像喜欢你一样喜欢这里。"

艾登伸出手摸了摸我的脸，说道："千云说起情话来一点都不脸红呢。"

第七章

瘫痪噩耗后深情告白

与艾登确定了恋人关系后，我的身体也很快恢复了，而且比往日更加精神。

这大概就是爱情的力量吧。

雷很为我的康复而高兴，对我的态度还是一如往昔，似乎并没有被我之前拒绝的话语伤害到。

只是我却不能像以前一样对他了。不是因为我怕尴尬，而是因为艾登会吃醋！

那是前几天的事情，雷见我康复后很高兴，便决定带我去吃好吃的，结果才吃到一半艾登就找来了。虽然他当时也坐下来与我们一起吃东西，看起来没有丝毫不愉快，但到了晚上，我被他堵在了房间里，他一脸认真地让我不要太靠近雷。

没想到艾登也会吃醋，而且醋意那么大！

难得见艾登吃醋，我当然答应了他会与雷保持一定距离。

虽然说是保持距离，但其实与往常差不多，只是有一点，毕竟我是有男朋友的人了，也不好再让雷随随便便碰我，比如说像以前那样摸脸、拥抱之类。

这天，我去找艾登询问小曼的情况。因为他与雷之前都顾及我在养伤，所以并没有把小曼现在的情况一一告诉我。但是现在我的伤好了，我实在等不下去了。

“十几天前，小曼带着魔族与兽族攻下了康斯坦斯，又在五天前带着魔族开始攻打人族第二防卫之城——赞格威尔，不过受到人族强有力的反击，魔族惨败后已经退回了魔族领域。”一见到我，艾登就猜出了我的来意，他坐在我对面的沙发上，表情淡然地说道。

“魔族惨败？怎么会，他们不是有兽族帮忙吗？”我诧异地问道。

“赞格威尔之战，兽族并没有参与。”艾登摇了摇头，说。

“我想是魔族与兽族实在容不下彼此了。”我心里瞬间了然，不由得笑道，“不过想想也知道，完全不同的两个种族怎么可能和平共处？恐怕之前康斯坦斯那一战已经让两个种族间有了不小的纷争。我听说两族攻下康斯坦斯后因为资源分配不均而大闹了一场。”

“两个好战的种族之间容易风波不断，不过这无疑是我们反扑的好机会。”艾登脸上露出浅浅的笑容。

我含笑点头，说道：“的确是我们反扑的好机会。现在魔族大败，阿尔瓦各个城镇的守卫肯定比往日松懈很多，我们可以顺利进入城镇再一路冲入皇城去找小曼。”顿了顿，我又说，“而且魔族之前与兽族共事，那么他们肯定不会把露丝小姐放在皇城，想必是藏在了某座城内。或许我们还能找机会救出她，解开我们与兽族的误会。”

艾登赞许地看了我一眼，说道：“那么就按照你所说的做，我们即刻动身吧。”

我从沙发上站起来，说道：“我去叫雷。”

艾登拦住我，认真地说道：“这一次，不必让他跟着了。”

第七章

瘫 痪 噩 耗 后 深 情 告 白

我一惊，说道：“你还在吃雷的醋吗？”之前习惯了三人同行，艾登突然不让雷去，这让我有些难以接受。

艾登轻轻地一笑，说道：“想哪里去了？我让雷留下来是为了看住皇族。皇族内部最近不太平。”

艾登一提到皇族，我就想到了米娅。这些天我对她的怨气虽然减弱了一些，但终究还是生气的，毕竟她那一箭让我瘫痪了十几天。

而且现在最重要的是我与艾登在一起了，如果让她知道了，恐怕又要生出许多事端。

想到这里，我忍不住叹了口气。

艾登看到我忧虑的模样，脸上闪过一丝我看不懂的复杂情绪。他说：“米娅她……”

“你放心，我不会冲动的。”我缓了缓语气，尽量让自己看起来平静一些。每次提到米娅，我的心情就一团糟。

“就算我内心真的恨不得把她吊起来打一顿，但是在你确定你想做的事情之前，我会忍耐的。”

“为了你。”末了，我又补上一句。

“抱歉，千云。”艾登的目光带着深深的歉意，他说，“为了我，要让你受委屈了。”

“没关系！因为我知道你不会一直让我委屈下去的。”我定定地看着艾登，笑盈盈地说。

“当然。她带给你的委屈总要让她自己体会一次。”艾登的笑容犹如春日暖阳般柔和，眼神却似冬天飞雪般寒冷。

我握了握拳头，轻声说道：“自己的事自己办，到时候你只要带我逃就好了。”

艾登轻轻一笑，说道：“哪能一直逃呢，我与你可是要活在阳光下的人。”

我心里一动，说道：“我倒是有个两全其美的办法，让我们既能躲过皇族的报复又能活在阳光下。”

“什么？”艾登想了想，问道，“是去魔族生活吗？”

我用力地摇了摇头，说道：“不是魔族，是去我的故乡。那里没有皇族，没有各族纷扰，是与这里截然不同的世界。而且那里有我的家人……”说到这里，我的脸直发烫，说道，“我的家人可有趣了，也很好相处。”

艾登灿烂一笑，说道：“好，千云的家人也是我的家人。”

我有些不好意思，又忍不住感叹：“只可惜我到现在都找不到回家的路……”

说起来，来到这个世界这么久，我都没有好好想过自己为什么会来到这里。按照一般穿越小说的设定，我肯定是身负什么使命才来到异世界的。可我只是个普通的人类女孩，哪有背负使命的资格？或许我的穿越真的只是一场意外吧！

想到这里，我不由得脱口说道：“不过能遇到艾登真的是太好了，或许我来到这里就是为了遇见你。”

第七章

瘫痪噩耗后深情告白

艾登的表情微微一怔，而后他微笑如常，说道：“是，千云来到这个世界就是为了我。”

我扑哧一笑，说道：“对，就是为了遇见你。”顿了顿，我又说，“我先去整理一些衣服，等会儿我们后院门口见。”

走到门口时，我扭头看着还坐在沙发上的艾登，问道：“雷那边我去说还是你去说？”

“我去。”艾登微微一笑。

“好。”得到艾登的答复后，我立马回屋整理衣物与必需品。

等我整理好东西来到后院门口时，已经是傍晚时分了，而艾登还没有来。

我有些奇怪，平时都是艾登等我，很少有我等他的时候。而且我整理东西也花了不少时间，照理说艾登应该早就到了才对。

背后突然传来脚步声，我惊喜地回头叫道：“艾登，你……”我的话硬生生地卡在了喉咙里，因为来人不是艾登，而是我的第一仇家——米娅。

“怎么是你！”

我与米娅同时开口，彼此眼里都带着明显的厌恶之情。

“你还真是命大，这样都折腾不死你！”米娅冷笑地看着我，似乎很遗憾那支毒箭没有射死我。

我轻轻一笑，说道："我能活下来还要多亏了艾登，毕竟我是他最在乎的人。"

虽然我现在不能报那一箭之仇，但狠狠气米娅一次还是可以的。反正她早就把我视为眼中钉、肉中刺了。

"什么？"米娅一愣。

"你之前千方百计地折腾我，不就是因为我与艾登的关系吗？"我冷冷地注视着米娅姣好的容颜，说道，"那我现在告诉你，我与艾登已经在一起了，你永远也没有机会。"

"你真是不知羞耻！"米娅顿时暴怒。

"明明知道艾登不喜欢你，你还硬要往他身上凑，我看你才不知羞耻！"我毫不示弱地反驳道。

虽然我答应过艾登不会惹事，不过嘲讽她几句不算惹事吧？

"你！你！"米娅被我气得一口气上不来，浑身发抖。

"千云。"艾登突然出现，他看了一眼米娅，下意识地把我拉到身后护住，说道，"米娅，你来做什么？"

米娅见了艾登，表情瞬间缓和下来，她说："我要跟你在一起！这一次我决不会跟你分开！"

艾登皱了皱眉，说道："我说过很多次了，我不需要你跟在我身边。"

米娅不依不饶地说："我不管！这一次说什么我都不会让你跟她在一起的！"说完，她恶狠狠地瞪了我一眼。

第七章

瘫 痪 噩 耗 后 深 情 告 白

我也不甘示弱地瞪了回去。

艾登难得地露出了不耐烦的表情，虽然语气还是淡淡的："米娅，别惹我动怒。"

米娅一愣，眼泪涌出了眼眶。她说："你以前从来不会这样对我的！都是因为她，你才会对我这么冷淡！我要杀了她！杀了她！"

艾登听到米娅的话，脸色一沉，说道："你忘了我的警告吗？"

看着眼前米娅不依不饶的样子，我觉得再这样下去，我跟艾登天黑都无法离开这里，于是把艾登推出了门，说道："我来解决，你在门外等我。"说完，我"啪"的一声关上了门。

"米娅公主。"四目相对，我握了握拳头说道，"你说你恨不得杀了我，你以为我就不想吗？实话告诉你，在你射伤我的腿时，我就恨不得杀了你！"

米娅脸色一白，惊恐地倒退了一步，说道："我可是布伦特的公主、王位的第一继承人！你想杀我？你想造反吗？你这个贱民！"

"如果国家真的由你这种人做王，那我还不如造反呢。你根本不配做王！"我冷冷一笑。

"大胆！大胆！"米娅抓狂地尖叫着。

我皱了皱眉，使用禁声魔法封住了她的声音。

"你继续喊啊！"我看着拼命张着嘴巴却怎么也发不出声音的米娅，扑哧一笑。

她这副模样倒是让我心里积累了许久的怒火消减了不少，不过如果只是这样就想让我善罢甘休，还是远远不够的。

紧接着，我又使出火魔法故意点燃她的衣服，吓得她拼命在地上翻滚，却无法叫出声。

眼看差不多了，我也没有趁火打劫的心思，扑灭了米娅身上的火。事实上我根本没有烧伤她，只是烧坏了她的衣服而已。

“米娅，我不怕你，你想杀我就尽管来吧。只是下一次，若我还活着，那么我要烧掉的就不单单是你的衣服了！”说完，我看着地上大片肌肤裸露在外的米娅，冷冷一笑，转身推门离开。

“解决了？”我刚走出门口，艾登便望向我问道。

“解决了，她不会再跟过来了。我们走吧。”我对艾登一笑。

“好。”艾登也回以微笑。

第八章

破除阴谋却再遭诬陷

经过一天一夜的奔波后，我与艾登总算赶到了隶属阿尔瓦国的第三大城镇——格林顿。

格林顿是一座物产丰富且繁华无比的城镇，这里的信息网四通八达，几乎可以洞悉魔族一切大小事情——包括魔王与她的部下们。

我与艾登很顺利地进入城内，那几个魔族守卫完全没有察觉到我们的气息。因为我与艾登来之前已经做了充分的准备，艾登利用一种特殊的魔法让我与他有了魔族的气息，而我也终于可以恢复自己漆黑的长发与眼眸。

我仔细打量着城内的建筑，发现这里的建筑风格与人族相差无几，也是充满欧式风格，只是色调上更为深沉一些，没有人族的那么明亮夺目，整齐的房屋沿着街道两边延伸……

脚底下的地面用一大片规整的黑石铺成，石块光滑无比，没有花纹。

街道上几个魔族小姑娘穿着鲜亮的服饰与身边的同伴谈笑，与人族女孩没有任何区别。她们说话间，忽然将目光转向我身边的艾登，几秒后红着脸与同伴继续说笑。

第八章

破除阴谋却再遭诬陷

我对身边的艾登扑哧一笑，说道：“艾登，你无论走到哪里都能迷倒那么多女孩子……要不是看到我站在你身边，那几个女孩恐怕就要上前来跟你搭讪了。”

艾登微微一笑，说：“我只要迷倒你一个人就好，其他人我可不愿意招惹。”

我脸一红，有些害羞地说：“我已经被你迷倒了。”

说完，我与艾登相视而笑。

因为天色还早，我与艾登准备先把住宿的问题解决。可是我们一连找了好几家上等的旅店全都没有空房间，等找到第十三家时，旅店老板告诉我们只剩下一间大床房了。

我想了想，觉得两人住一间房也不是什么大问题，而且错过了这家恐怕就真的找不到了。

我对柜台后的老板确认道：“老板，我们就要这个房间了。”

旅店老板看了我与艾登一眼，随口问道：“两位客人是什么关系？”

我镇定地撒谎：“我们是夫妻。”

艾登看了我一眼，微笑道：“是，我们刚举办婚礼不久。”

旅店老板露出一脸了然的笑容，说道：“两位这是新婚旅行吗？你们可真是恩爱。”

我被老板的话弄得脸一红，没有说话。

艾登微微点头，说：“嗯，新婚旅行。”想了想，他又问道，“城内最近有什么活动吗？我们问了好几家旅店都是满客。”

旅店老板笑着说道："那是因为明天就是'百花祭'了！那可是格林顿最盛大的节日！所以每年这个时候城内的旅店总是爆满！"

我抚着下巴问道："'百花祭'是什么？听起来很有趣的样子。"

旅店老板诧异地看了我一眼，问道："客人是第一次来格林顿参加'百花祭'吗？"

我点了点头，说道："是啊。"怕老板起疑，我又补充道，"我这个人不怎么爱出远门，所以对这些事情不是很了解。"

旅店老板"哦"了一声，对我解释道："'百花祭'是我们伟大的女神菲丽丝特别为恋人们举办的盛大节日。在那一天，全城会摆满鲜花供恋人们赏玩，城内还会有许多有趣的考验来验证恋人们对彼此的真心，最后一天还会开放城外平时封闭的凯洛格森林。我听说，凯洛格森林的深处生长着一株千年古花树，相爱的恋人只要在树下亲吻就可以永世不分离！"说到这里，旅店老板笑盈盈地看着我们，说道，"因此每年这个时候总是会有很多情侣来到这里！"

"好棒的节日啊……"我完全被老板说的这个"百花祭"吸引了。

"凯洛格森林平时是封闭的，这是为什么？"艾登突然问道。

旅店老板的表情忽然变得有些悲伤，他说道："凯洛格森林是由女神菲丽丝一手创造出来的森林奇景，自从她被可恨的人族之神杀死后，这个地方就被封锁了起来，只有'百花祭'的时候才会开放。"

我与艾登互看了一眼，艾登说道："原来是这样……"

旅店老板收起悲伤的表情，随手拿起桌子上的钥匙递给我身边的艾登，说道："这是你们房间的钥匙，二楼右边拐角左手第一间。"顿了顿，他又问道，"两位客人要住多久？"

"两天。"艾登接过钥匙回答道。

旅店老板点点头，说道："我明白了。"停顿了一下，他又补充道，"哦，对了，两位客人，我们旅店是提供一日三餐的。"

"好的。"我笑着点了点头，与艾登转身上了旅店二楼。

二楼左右两边各有一条长廊，长廊上每隔半米就有一个不大不小的房间。

我与艾登往右边长廊走去，找到左手第一间的201房。

艾登用钥匙打开了房门，房间内部并不是很大，但是布置得非常温馨。中间是一张很大的双人床，床铺的右边是一张用餐的小桌子和两张小沙发，左边则是一个不大的卫生间。

"房间不错，很适合新婚的我们。"艾登看了一眼房间后，对我轻笑道。

我脸一红，假装生气地瞪了一眼艾登，说道："谁跟你新婚了！不害臊！"

艾登伸出手捏了捏我的脸颊，说道："刚才是谁在老板面前说我们是夫妻的，嗯？"

我打开艾登的手，嘟囔道："孤男寡女的，住一间房多不合适啊……所以只好骗老板说我们是夫妻啦。"

艾登轻笑一声，说道："那刚才你应该说兄妹的。"

我嗤笑一声，说道："你这么好看的哥哥，怎么会有我这么不好看的妹妹啊。"

艾登深深地看了我一眼，说道："千云怎么会不好看，你可是我见过的最美的女孩。"

我被艾登的话弄得脸一红，忍不住对他说道："艾登也是我见过的最帅的男孩！"

艾登对我温柔一笑，而后将目光转向大床，说道："这张床给你一个人睡足够了。"

"哎？你不跟我一起睡吗？"话一出口，我顿时恨不得咬掉自己的舌头。

我红着脸辩解道："不，不是！我不是那个意思！我是说……艾登你不睡床上吗，那你要睡哪里？"

艾登一脸笑容地看着拼命解释的我，指着床旁边的地板说道："我睡这里。"

我眉头一皱，不同意，说道："怎么能我睡床上你睡地板？床那么大，睡得下我跟你的！"

艾登看了我一眼，笑容有些无奈："你……真的要跟我一起睡？"

"我说一起就一起！"我哼了两声，说道，"怎么，你怕我睡相不好，吓到你？"

艾登伸出手弹了一下我的额头，说道："是呀，我怕你压到我，我可承受不来。"

第八章

破除阴谋却再遭诬陷

我瞪了一眼艾登，说道：“你是在嫌弃我胖吗？我明明是标准身材，哪里胖了！”女孩子可是最忌讳别人说自己胖的。

“千云当然不胖，前段时间养伤反而瘦了些。”艾登笑了笑，目光温柔至极，他说，“我会努力把你养得圆润白胖些的。”

“哼，不理你了！”我扭过头不去看艾登。

艾登闷闷地笑了一声，说道：“好了，不跟你开玩笑了。天色不早了，我们去吃点东西吧。”

“好呀。”我回头对艾登笑道。

与艾登吃完晚饭，我立马回房间洗了个热水澡。原本我想换上喜欢的睡裙，但一想到是跟艾登睡一个房间，又觉得很不好意思，只好换上平时的衣服。

换好衣服出来，我看见艾登坐在小沙发上翻阅着一本书籍。我一边擦着湿漉漉的头发，一边问道：“你在看什么？”

艾登合起手里的书籍看着我说道：“‘百花祭’的相关文献资料。”

我顺势在艾登对面的小沙发上坐下，盯着他手里的书籍问道：“那你有没有发现什么重要的情况？”

艾登用修长的手指轻轻地敲打着书籍，神情带着沉思说道：“书上没有发现什么重要的情况，倒是老板今天的一番话让我有了一个想法。”

我双眼一亮，好奇地问道：“老板的什么话？”

艾登的笑容带着一丝深意，他说道：“凯洛格森林。”

我稍微细想了片刻，惊喜地说道：“封闭无人的凯洛格森林最适合藏人了。”

“千云真聪明。”艾登看着我笑道，满脸称赞。

我放下手里的毛巾说道：“既然已经有了想法，那我们别耽搁了，明天就动身去看看。”

艾登将手上的书放到一旁的桌子上，说：“我也是这么考虑的，只是不知道明天幸运之神会不会眷顾我们。”

我肯定地对艾登点点头，说道：“艾登，幸运之神一定会眷顾我们的，我们一定能顺利找到露丝小姐！”

艾登微微一笑，说道：“幸运之神总是偏爱千云一些，我相信我们会找到露丝的。”说完他伸手拿起被我放在膝盖上的毛巾，站起来走到我身后温柔地替我擦拭湿漉漉的长发。

“千云的黑发很好看，不过金色的发色更适合你呢。”艾登说。

我被艾登突然的举动弄得有些不好意思，听到他的话后扑哧一笑，扭头看着他说道：“艾登很喜欢金色？”

“因为金色真的很美。”艾登轻声回答，“露西娅就拥有一头很美的金发。”

我被艾登的话弄得一怔，忍不住脱口问道：“那你是喜欢一头黑发的我还是拥有美丽金发的露西娅呢？”

话一问出口，我自己也愣住了。我忽然想起妖乱之城大门口那有过一面之缘的露西娅女神画像——她的确拥有一头很美的金发，难怪那次艾登会看呆。

第八章

破除阴谋却再遭诬陷

艾登被我的问题弄得一愣。

见艾登沉默了，我突然有些着急，催促道：“说呀，你是喜欢我还是喜欢露西娅？”

艾登肩膀一抖，突然笑了出来，而且越笑越大声。

我第一次见到笑得这么畅快的艾登，觉得又惊奇又纳闷，追问道：“你笑什么？”

艾登好不容易止住笑声，脸上依旧带着还未完全散去的笑意。“因为千云你实在问了个有趣的问题啊。”他说。

“哪里有趣了？”我实在搞不懂艾登为什么突如其来地大笑。

艾登走到我面前，单膝跪下，牵起我的手轻轻印下一吻，说道：“我当然是喜欢你了，我的千云女神。”

我的脸又一次发烫，一时间没有回话。

“我去洗澡了。”艾登见我一直红着脸不说话，随即起身往浴室走去。

等艾登进了浴室，我才把刚才被艾登亲吻过的手举到眼前查看，脸颊再次发起烫来。

第二天的“百花祭”，城内许多街道都被美丽的鲜花铺满，建筑也都用鲜花点缀，鲜艳的花朵使原本有些暗沉的格林顿变得明亮欢快起来。

我与艾登却无心留恋城内美丽的景色，而是趁着守卫们不注意悄悄溜出后城门，往神秘的凯洛格森林走去。

一路上畅通无阻，我与艾登很快就来到了被铁墙与铁门封闭的凯洛格森林入口外。

艾登上前看了一眼巨大的铁门，皱了皱眉，说道："门上有黑魔法咒印。"

我走到艾登身边，一脸担忧地问道："是很厉害的黑魔法吗？可以强行解除吗？"

"不行，上面有反噬魔法。"艾登摇了摇头，抬头看着四周高高矗立的黑色铁墙，说道，"墙上也同样被施了黑魔法咒印。"

"那我们是不是进不去了？怎么办？"见艾登这么说，我一下子就慌了。

门跟围墙都被施了魔法，我们根本无法强行突破，就算强行突破了也会被反噬魔法重伤，得不偿失。

艾登思考了片刻突然笑道："我想到了一个好办法。"

我惊喜地问道："什么办法？"

"不用强行破门，我们穿门而入就好。"艾登浅浅一笑。

我还是头一次听到这种方法，不由得满脸好奇地看着艾登，问道："什么穿门而入？是魔法吗？"

"一种有趣的魔法。"艾登神秘地笑了笑，手指点在我眉间，念了两句我听不懂的魔法咒语，然后拉着我直接穿透大门进入了凯洛格森林。

我目瞪口呆地看着背后的大门，没想到真的就这么穿了进来，简直不可思议！

"这魔法好厉害！"我赞不绝口。

第八章

破除阴谋却再遭诬陷

“喜欢的话，我以后教你。”艾登牵着我的手往绿葱葱的丛林里走去。

“真的吗？那可说好了，以后一定要教我呀！”我兴高采烈地对艾登说道。

“嗯，一定教你。”艾登一脸宠溺地笑了笑。

与艾登说说笑笑间，我被他带出了茂密的丛林。我们来到一条清澈的小溪边，小溪对面是漫山遍野的美丽花朵，花朵深处耸立着几棵茂盛的参天大树，其中一棵树后有一座小小的木屋。

我眼睛一亮，对身边的艾登说道：“那屋子用来关押露丝最合适不过了。”

艾登的神色有些凝重，他说道：“屋子旁边有四个魔族，而且他们的魔气很强大。”

我“啊”了一声，有些茫然地看着远处的木屋，说道：“哪里有魔族，我怎么没看到？”

“在屋子后面。”艾登回答。

“我明白了！你是感受到了他们的气息，对吧？”我顿时反应过来，突然又想到一个问题，问道，“你说他们很强大，那么他们应该也能感应到我们的气息吧？”

艾登目光一沉，说道：“你说得没错，他们已经来了。”话音刚落，艾登就伸出手抱住我躲过了从小溪对面飞来的一把剑。

“之前教你的消除气息的隐身魔法还记得吗？”艾登松开我，问道。

我使劲地点头，说道：“记得！你教我的东西我怎么会忘呢！”

“隐身去找露丝，我拖住他们。”艾登说完，表情一变，用力把我往溪水的方向推去。

眨眼间，两个人影已经来到了艾登身边。

我吓得差点尖叫出声，同时从清澈的水面上看到两个诡异的身影往我飞奔而来，我连忙念起咒语启动了隐身魔法。

看到艾登对付那两个魔族并不怎么费力后，我不由得松了口气。而另外两个魔族见我消失了，很干脆地把目标转向了艾登。

趁着四个魔族都被艾登拖住，我急忙越过浅浅的小溪来到对面，朝木屋奔去。

我跑到木屋前，解开隐身魔法，然后撞开了紧闭的大门，自己也因为惯性差点跌倒在地。

“你，你是谁？”屋内左侧的床上坐着一个身材娇小的少女，她一脸惊恐地看着我。

“你是露丝吗？”我弯着腰大口大口喘气，急速奔跑让我几乎窒息。

“我是露丝。姐姐你又是谁？”露丝怯怯地看着我。

“我叫负千云，暂且算是人族的魔法师吧。”好不容易缓过气来，我抬头看着床上的露丝说道。

她大概十三四岁的年纪，穿着一条粉色的长裙，眉眼清秀，一对猫耳朵特别可爱。

露丝那双灵动的大眼睛一眨不眨地看着我，她问道：“姐姐是来救我的吗？”

我对着一脸期待的露丝轻轻地点了点头，说道：“对，我是来救你的。”

露丝从床上跳下来，高兴地说道：“太好了，我终于可以回家了！”

我看着一脸天真的露丝，不由得笑了，原来兽族也有这么可爱的女生。

“千云。”这时，艾登出现在门口。

我惊讶地转头看着他，他神色平静，看样子并没有受伤。

“这么快就解决了？你不是说他们很强吗？”我问。

艾登神色自若地看着我，说道：“因为我比他们更强。”

我扑哧一笑，附和道：“是是是，艾登你最厉害了！”

露丝看到艾登，突然高兴地扑了过去，语气激动无比地说：“你就是大魔法师艾登？哇——我终于见到真人了，我可崇拜你了！”

艾登轻轻推开露丝，浅浅一笑，说道：“谢谢。”

然后，他看着我说道：“既然人已经救出来了，我们还是赶紧离开吧。”

我点点头，答道：“走吧。”

我与艾登、露丝相继走出木屋。刚走了两步，我忽然想到了那棵可以让恋人永世不分离的千年古花树，顿时觉得这么好的机会错过了实在可惜。

艾登见我停下了脚步，看着我问道：“怎么了？”

“没，没什么……”我拍了拍自己的脸颊，回答道。

现在可不是想这些事情的时候，必须赶紧把露丝带回兽族，然后再去找小曼。

不过艾登还是看穿了我的心思，他了然地对我温柔一笑，说道：“难得来一趟，不如我们去看看那棵古花树吧。”

我一怔，脸上已经抑制不住地露出了笑容，答道：“好！”

“啊——你们是恋人？”露丝恍然大悟般看着我与艾登，可爱的小脸上浮现出一丝明显的失落。

“你在这里等我们，我们很快就回来。”艾登在露丝周围施了保护魔法，叮嘱她。

“你可千万别乱走！”我也叮嘱露丝。

露丝顺从地点点头。

安排好露丝，艾登牵起我的手，轻轻一笑，说道：“走。”话音刚落，我们就来到了一棵参天大树前。

“这就是古花树？”我问身边的艾登。

艾登仔细看了那树两眼，回答道：“嗯，与文献上的记载一模一样。”

我面前的古花树树干直径大概有十米，白色的花朵一簇又一簇紧挨着，灿烂盛放。风拂过枝头，花朵纷纷落下，犹如下起了一场白茫茫的雪，美丽至极。

“好美。”我几乎无法将视线从眼前的美景上挪开。

第八章

破除阴谋却再遭诬陷

“千云。”艾登温柔地叫了我一声。

“怎么……”我侧头去看艾登，疑问还没说出口，艾登就已经低下头将唇瓣压在了我的嘴唇上。

他的吻温柔得让我沉醉，我闭上眼睛静静地享受这无比幸福的时刻……

我们赏完古花树就回去找露丝了，她非常乖巧地站在原地没有乱动。我们带着她离开了凯洛格森林，来到我们居住的旅店，退了房后迅速离开了格林顿。

前往妖乱之城的途中，我坐在马车里与艾登详细询问露丝被抓的具体情况。

据她所说，她那天如往常一样在屋子里看书，两个男人、一个女人忽然出现在房里，把她打晕了。

我特地问了露丝那三个人的外貌特征，的确是卡尔与达芙妮他们。

我靠在车厢上，轻声对艾登说道：“看样子我们的确是被魔族算计了！”

顿了顿，我把希冀的目光转向了露丝，说道：“露丝，刚才我们也把所有情况跟你解释清楚了，你应该明白回去后该怎么跟你的父亲与族人说了吧？”

露丝对我甜甜一笑，答道：“露丝明白的！我会好好跟父亲还有大家解释清楚的！千云姐姐与艾登哥哥都是无辜的。”

“露丝真乖。”我伸出手摸了摸露丝的脑袋。

艾登含笑地看着露丝，说道：“那就麻烦露丝了。”说话间，他手腕上的通信工具突然亮了一下。

“是雷吗？”我看着艾登问道。

艾登盯着手腕上的通信工具，说道：“是雷的信息，他让我们立马回皇城。”

我一惊，急忙问道：“是出什么事情了吗？”

艾登皱了皱眉头说道：“似乎是皇族出了什么大事，雷没有详说。”

“皇族？”我的心一下子揪了起来，问道：“那我们回去吗？”

“千云姐姐、艾登哥哥，露丝这里不要紧的，你们有事就去忙吧！”露丝非常乖巧地对我们说道。

我思考了一下，对艾登说道：“先回皇城吧，我们也不能放着雷不管。”

艾登见我这样说便点头答道：“好，先回皇城看看什么情况。”

我犹豫地看着身边的露丝，说道：“可是我们不能把露丝带回去，要是皇族对她有什么坏心思就麻烦了。”

艾登掀开马车的窗帘看了片刻，然后对我说：“很快就要到塞缪尔小镇了，我们把她暂时安排在那里吧。”

“好。”我对着艾登点了点头，然后一脸歉意地看着露丝，说道，“抱歉，我们暂时要先把你安置在人族的塞缪尔镇，不过，你放心，那里非常安全，你别害怕。”

露丝非常体贴地对我和艾登说道：“露丝不害怕，露丝会乖乖等着你们回来的。”

“谢谢你，露丝。”我和艾登异口同声地说道。

“啊，一起回答！阿娘说过这就是所谓的心有灵犀！”露丝灿烂一笑。

我与艾登对视一眼，再次同时笑出声来。

露丝真的是个很可爱的小丫头呢。

马车很快就到了塞缪尔镇，我和艾登把露丝安顿好后，又马不停蹄地赶往皇城，终于在第二天傍晚顺利来到了皇城大门外。

从马车上下来时，我只觉得四肢发软——实在是坐得太久了。

“天快黑了，我们快点进城吧。”我对身边的艾登说道。

在马车上，我已经让艾登重新给我的发色与眼睛施了魔法，把它们变成了金色。

艾登安抚好飞马后对我说道：“嗯，走吧。”

我与艾登刚进入城门就被一群皇族士兵团团围住了，我诧异地问道：“什么情况？”

艾登的表情也有些不解，他说：“他们来势汹汹，怕是不好惹。”

“负千云！”

从士兵中走出有过几面之缘的骑士肖恩，他死死地盯着我，像是恨不得把我吃了。

我镇定地问道："你们这是要做什么？"

"逮捕你！"肖恩拔出腰间的长剑，眼里愤怒的火焰几乎要将我吞噬。

"逮捕我？为什么？我犯了什么错，你凭什么逮捕我？"我被肖恩的话吓了一大跳，急忙反问道。

"因为你杀害了布伦特帝国的第一继承人——米娅公主！"肖恩怒瞪着我，眼睛血红。

"你在胡说什么，我什么时候杀了米娅！"我难以置信，同时又想这会不会是米娅在整我？毕竟临走前我可是狠狠地羞辱了她一番。

"肖恩，这样的话是不能随便说的。"艾登眉头一皱，冷冷地说道。

"负千云，你不要再狡辩了！"肖恩愤怒地用剑指着我，说道，"我有你杀害米娅公主的证据。"

我冷冷一笑，说道："行了，肖恩，你就别演戏了。这又是米娅对我的报复吧？你有本事让她出来当面与我斗啊，倚仗身份、权势镇压算什么？就是因为她这样，艾登才不把她放在眼里！"

"闭嘴！我不许你再侮辱米娅公主！"

肖恩挥舞着长剑就要往我身上刺，长剑却被挡在我身前的艾登牢牢抓住了。

"肖恩，别让我动怒，你付不起惹我生气的代价。"艾登微微一笑，捏碎了肖恩手里的长剑。

肖恩惊惧地后退了一步，说道："艾登先生，这个女人杀死了米娅！

第八章

破除阴谋却再遭诬陷

就算是这样，你还要护着她吗？”

艾登瞟了肖恩一眼，说道：“你不是说有证据吗？证据呢？”

我压抑住胸口那团怒火，平静地问道：“对，证据呢？我倒是要看看你怎么拿出我杀害米娅的证据！”

诬蔑我杀死皇族，这分明是要置我于死地！米娅这次可真是费尽心机，连被我杀死这种话都敢编出来。

肖恩掏出一个魔法球，这是一种可以记录声音的魔法道具。

“你们自己听！”肖恩催动魔法球，愤怒地说道。

魔法球里很快传来我与米娅的对话，清晰无比——

“你说你恨不得杀了我，你以为我就不想吗？实话告诉你，在你射伤了我的腿时，我就恨不得杀了你！”

“我可是布伦特的公主、王位的第一继承人！你想杀我？你想造反吗？你这个贱民！”

“如果国家真的由你这种人做王，那我还不如造反呢。你根本不配做王！”

“大胆！大胆！”

至此，魔法球中的声音戛然而止。

艾登平静的神色微微变了，但是他终究没有说什么。

“这些话你说过，对吧？”肖恩指着我，愤恨地质问道。

“我是说过这些话……可那又怎么样？说说而已，你还真担心我造反吗？放心，我对这个国家一点兴趣也没有！”我义正辞严地辩驳道，“当时米娅又来缠着艾登，我生气了呛她两句不可以啊！如果你要怪罪我对皇族公主无礼，那也不至于逮捕我！”

肖恩冷冷一笑，说道：“你不仅想杀死公主还想造反，你就应该被万剑穿心而死！”

说完，他又掏出一个图像存储道具，将它打开。

袅袅升起的淡蓝色画面中隐隐现出一副烧焦的少女的躯体。

我被这个画面彻底吓住了，颤抖地问道：“这是……米娅？”

艾登微微一怔，惊讶地问道：“这是怎么回事？”

“就是这个女人施放火魔法烧死了米娅公主！”肖恩全身发抖，气得几乎要昏厥过去。

“我没有！”我慌忙摇头说道，“我没有放火烧她，我……”说到这里，我愣住了，忽然想起自己的确使用过火魔法吓唬过米娅，只是我当时仅仅烧掉了她的衣服，并没有让她受伤。

“那你自己看看这是什么！”肖恩从一个士兵手里拿过几件被烧坏的衣服扔到了我和艾登面前，说道，“这些衣服上都残留着你的火魔法气息，这就是当天公主被烧死时穿的衣服。”

艾登面色一沉，扭头看着我，说道：“这些衣服上的确有你的魔法气息。”顿了顿，他继续说道，“那一天米娅也确实是穿着这些衣服。”

我强迫自己镇定下来，我明白要是现在慌了，等会儿就更难解释清楚了。

我看着艾登，有条不紊地解释道：“我是使用过火魔法吓唬米娅，但我当时控制得很好，只烧坏了她的衣服，并没有伤害她的身体……”

“你终于承认了是吧！就是你放火烧死了米娅！”肖恩打断我，抓狂地大喊，泪水从眼眶里滑落。

“我没有！我没有！”我拼命地大叫着，着急地看着艾登，说道，“艾登，你帮我跟他们解释清楚，我真的没有杀死米娅！”

艾登却没说话，只是用冷冷的目光看着我。

“艾登……”我突然慌了起来，紧张地抓住艾登的手腕，说道，“你相信我吗？我没有杀她！我答应过你要为你忍耐的，我说到做到！”

艾登一把甩开我的手，说道：“千云，你就算再恨她也不能用如此残忍的手段杀害她！”

我猛地睁大了眼睛，说道：“我没有杀她！你不相信我？”

艾登看着我，露出悲痛的神情，转瞬又冷若冰霜。他说：“在这么充分的证据面前，我怎么还能相信你？”他冰冷的目光落在我脸上，语气充满痛惜，“我知道你一直都恨米娅，可是我没想到你会在那种情况下杀死她！就算米娅再可恨，你也不该杀人！”

艾登的指责让我觉得天旋地转，这一刻，仿佛全世界只剩下我一个人，四周全是伸手不见五指的黑暗……

“你怎么能不相信小千云！”忽然，雷的声音响起。他从重重士兵中挤了进来，走到我和艾登身边，问道：“我不是发了信息让你们千万别回来吗，你们怎么回来了？”

我稍稍回过神来，愣了愣说道：“不是你说皇城出大乱子了，让我们赶紧回来吗？”

雷“啊”了一声，说道：“没有啊！我是说皇城出大乱子了，你们千万不要回来！”

我把惊讶的目光转向艾登，问道：“这是怎么回事？”

艾登也有些诧异，说道：“雷的信息的确是让我们赶快回来。”

我神色一沉，已经明白我们肯定又被算计了，在雷不注意时，他的信息被人动了手脚！

“小千云，你别怕！”雷安抚地拍了拍我的肩膀，说道，“我跟艾登一定会带你逃出去的！”

“雷……”我感动地看着雷，至少他是相信我的。

“我不会带她逃。”艾登平静地看着雷，语气冷漠极了，说道，“你也不要管。”

没想到艾登会这样说，我跟雷都愣住了。

雷生气地看着艾登，大喊道：“你这家伙在胡说什么！你要让这群浑蛋抓走小千云吗？”

“艾登……”我不敢相信艾登竟然会舍弃我，眼泪瞬间就掉了下来，问道，“你真的要看着他们抓走我吗？”

“做错事就要受罚。”艾登的目光无比决绝，他说，“你就在监牢里好好冷静一段时间吧。”

“你发过誓会一直相信我的！你发过誓的！”我失控地大喊。

“艾登，你疯了！”雷把我护在身后，犹如看疯子一样看着艾登，说道，“小千云怎么可能会杀米娅！你脑子是不是有病啊，竟然会相信这群皇族的鬼话！”

“雷，你别担心，我不会让他们杀了千云的。只是她必须为她的错误行为付出一些代价。”

艾登说完，看也不看我，径直走到肖恩面前说道：“你可以抓她，但是不可以动粗伤她。”

肖恩轻哼了一声，说道：“艾登大人可真是明事理！”

“艾登！”雷看到艾登转身就走，瞬间气炸了。

我流着泪看着艾登渐行渐远的背影，心彻底冷了下来。

没想到在我跟他一起经历过这么多风风雨雨后，他竟然会在这么重要的时刻选择放弃我。还说什么不会让我死，但是他现在的选择跟杀了我又有什么区别？

“小千云，你别怕！我是不会让他们抓走你的！”雷故意露出轻松的笑容，说道，“我喜欢的你还是笑起来好看，可别再哭了。”

闻言，我怔怔地看着眼前的雷，擦掉脸上的泪水，说道：“雷，谢谢你。”

雷笑了笑，然后面向肖恩，说道：“来吧！”

说罢，雷就要使用魔法为我开路。突然，一支锐利的箭从上方呼啸而来，一下射中了雷的小腹。

雷难以置信地看着腹部的伤口，随即重重倒地。

“雷！”看着倒下去的雷，我撕心裂肺地喊道。

“负千云！”肖恩冷笑着走近我。

我惊恐地后退一步。

与此同时，一个士兵从我背后冲出，举起手狠狠击中我的后颈。我顿时两眼一黑，陷入昏迷之中，失去了所有知觉。

第九章

转　世　真　相　关　系　终　破　裂

星降，幻境情缘

醒来时，我发现自己被关押在一间幽暗的牢房里，四周的墙壁与大门都是用黑铁制成的，非常难以攻破。其中左侧墙壁上还有几处干涸的血迹，空气中隐隐传来腥臭味。

我从硬邦邦的地上爬起来，看着四周的环境，心里无比怨恨艾登的无情。

我真的没有想到，在那种情况下，他竟然会舍弃我！明明之前对我那么温柔、那么信赖……

还有雷，不知道他现在怎么样了。他为了救我已经与帝国站在了对立面，而且受了那么重的伤，皇族会不会杀了他？不不不，肯定不会的！雷可是少有的高级魔法师，皇族是舍不得下手的！

我蜷缩成一团，将头埋进双膝间无声地哭泣着，心口撕裂般疼痛。

一天之内，最爱的恋人弃我而去，最重要的友人因为我生死不明……到底是谁杀了米娅？又到底是谁如此精心地设计陷害我？

想着想着，我猛地抬起头倒吸了一口凉气，眼眶中的泪水也被我硬生生地止住。

我想起了一件让我毛骨悚然的事。

第九章

转世真相关系终破裂

在拜伦时，我就察觉到有人故意引诱米娅为难我。现在看来那个人从来都没有打算放过我，而且还极有可能就隐藏在我身边，观察着我的一举一动。

艾登与雷都是相当厉害的魔法师，而那个家伙长时间隐匿在我身边却能不被他们两人察觉，那他厉害到了什么程度？最可怕的是，他强悍的不仅是能力，而且智谋也让人心底发颤。

我紧紧咬住嘴唇，十分困惑地思考着自己为什么会被这样的家伙盯上。

是因为艾登？

不，肯定不只是因为艾登。如果只是为了艾登，他完全没有必要这样精心地一步步给我下套，将我逼入绝境。

我觉得，他更像是单纯地针对我，而非艾登！而且之前米娅每一次的出现总是那么凑巧，肯定也是这个家伙在背后推波助澜！

我深深地叹了口气，用力拍了拍脸颊，告诉自己，无论怎么样，现在都不能丧失信心，虽然我被冠以杀害皇族的罪名，但我还是不相信艾登真的会不顾我的死活。

监牢里的生活是非常无趣且难以忍受的，我每天不是盯着头顶的窗户看，就是拼命学习艾登和雷给我的魔法书籍上的魔法——还好他们把我关进来前没有将我的空间戒指收走。

第六天的时候，我发现负责监视我的士兵突然被换了，换成了一个非常年轻的士兵。

年轻士兵打开牢房的门，将饭菜送进来给我。

我看着陌生的他，随口问道：“你们怎么换人了？之前给我送饭菜的伯蒂大叔呢？”

年轻士兵露出一个悲悯的神情，说道：“伯蒂大叔的儿子两天前在人魔大战中战死了，大叔受不了这个打击已经疯了……”

闻言，我怔住了，一时间说不出话来，心里觉得悲伤至极。

伯蒂大叔是个善良的人，就算我是被指控为杀害公主的人，他也没有苛待我，甚至非常照顾我。

沉默了一会儿，我猛地反应过来，惊诧地看着年轻士兵，问道：“你说伯蒂大叔的儿子两天前在人魔大战中战死了？魔族又开始进攻人族了吗？”自从魔族上一战失败后，他们似乎就再也没有动静了。

年轻士兵点了点头，表情很是忧虑，说道：“两天前魔族已经攻下了豪厄尔斯，恐怕……”他没有再说下去，眼神里是深深的担忧。

我惊得倒吸了一口凉气，说道：“豪厄尔斯？这可是守卫皇城的最后一道城镇防线啊，怎么可能这么轻易地就被魔族攻破？”

年轻士兵古怪地看了我一眼，低低冷笑一声，说道：“你杀死了米娅公主就等于点燃了引起皇族大乱的导火线，亲王们为了储位，早就内斗不止……这个时候魔族来犯，人族当然会惨败。”

听完这话，我看着眼前的年轻士兵，心里立马警觉起来，为什么一个士兵会知道这么多隐秘的信息？

我放下手里的魔法书，站起来与年轻士兵保持一定距离，而后故意问道："你知道得还真多，你是有亲戚在皇宫里做事吗？"

年轻士兵嘿嘿笑了两声，说道："是啊，我的姐姐在皇宫里给陛下做侍女，她又特别得陛下的喜欢……"

得皇帝喜欢的侍女，获知这些信息的确不是什么难事……我不由得对眼前这个年轻士兵稍微放下了一些戒备。

年轻士兵对我指了指地上的饭菜，说道："快点吃吧，菜冷了味道就不好了。"

我低头看了一眼饭菜，突然觉得有些不对劲。盘子上的几道菜比平时要丰盛，而且菜的颜色过于鲜明，感觉像是放了什么奇怪的佐料似的。

我蹲下身用筷子夹了一点菜，放在鼻端嗅了嗅，随后冷笑道："你说得对，的确该快点吃，要不然菜里的毒草过了最好的药效时间，就不能立马把我杀死了。"

说完，我站起来狠狠地将盘子里的饭菜踢翻。

当初跟着雷学习时，我特地让他教我分辨一些致命的毒草，就怕哪一天会遭人毒害，看来我还真是有先见之明啊！

年轻士兵见我这样说，表情有些慌张，但语气还是很镇定："竟然有人要下毒害你！我一定把这件事情报告给将军大人。你可是杀害公主的要犯，我们有责任看好你！"

我似笑非笑地看着年轻士兵，说道："我被关在监狱里六天了，皇族却一直没有下旨处决我，我虽然失去了自由，但是牢里的生活倒过得也算安稳。我这样安稳的处境一定让你背后的主人难以忍受，他可是公主殿下最忠诚的骑士啊！"

年轻士兵听到我的话后表情大变，神色变得极为憎恶。他咬牙切齿地说：“你这个该死的女人！”说话间，他的身上散发出一阵蓝光，片刻后，我面前出现了许久未见的肖恩。

我急忙后退几步，与肖恩保持一个易于攻防的距离。

虽然我想过这个士兵是肖恩派来的，却没想到竟然会是他本人！他刚才使用的应该是变相魔法，这可是很高级的魔法，没想到肖恩竟然还会如此厉害的魔法，这家伙真是深藏不露！

“负千云，我今天就要杀了你为米娅公主报仇！”肖恩一把拔出腰间的长剑指着我，秀气的脸极度扭曲。

我见肖恩只是拿剑对着我，不由得松了口气，看起来他终究还是习惯以骑士的方式来决斗——哪怕他会很厉害的魔法。

“想杀我可不是一件简单的事，我不怕你！”说着，我拔下脖子上的灵云石项坠，准备抵抗。

我还记得这块灵云石是艾登给我的一种非常昂贵、非常稀有的魔法媒介。就在前几天练习魔法时，我试着用它增强魔力，而不是作为单纯的召唤物，结果有了不可思议的成果——有了它增强魔力，我平时闹着玩般的魔法效果瞬间增强数十倍，厉害到连我自己都瞠目结舌。

“哼！半吊子魔法师，我要杀你根本不需要费任何力气！”肖恩说完，挥着长剑快速刺来。

我赶紧使用加速魔法勉强躲过一击。

好快的速度！

面对肖恩超快的攻击速度，我忍不住暗吃一惊，随后飞快地想好新战术，决定先发制人，一招制胜。

我立马念起水魔法的魔法口诀，瞬间四根庞大的水柱化为手掌死死把肖恩的四肢抓住，而我也趁这个机会跑出了牢房，往唯一一个有亮光的出口奔去。

“负千云，你跑不掉的！”

然而我跑了没几步，肖恩的声音就再次响起，同时，一阵凛冽的风袭来，我背后的汗毛瞬间竖起。

慌乱中，我顺势往地上倒去，由于力道太猛脸颊擦过地面，留下一道血痕。

挣脱开水柱钳制的肖恩有些狼狈地看着我，他双眼微红，似乎已经失去了理智，一个劲拿剑拼命刺向我。

跌倒在地的我根本来不及躲开，只能眼睁睁地看着他的剑往我胸口刺来……

“风魔法，困！”

一声低吟从远处传来，紧接着，呼啸而来的狂风瞬间将肖恩死死困住。

我一脸震惊地望着发出声响的地方，嘴里忍不住叫了出来：“雷！”

雷从出口奔到我面前，小心翼翼地扶起我，说道：“太好了！小千云你没事！我快担心死了！”

我看着面前依旧笑容灿烂的雷，鼻子一酸，说道：“雷，我也好担心你！你的伤还好吗？皇族的人有没有为难你？”

雷笑着伸出手用魔法将我脸上的伤痕治愈，说道：“我的伤早就好了，你别担心。皇族那群家伙只是把我关在一个地方，衣食无忧，也算不上为难我。”

听到雷这么说，我担忧了许久的心总算稍微放松了一些。

就在我们谈话间，肖恩猛地挣脱开了雷的风魔法束缚，而他微红的眼睛也变得通红，就像彻底失去了理智一般，仅凭着本能对我与雷发起攻击。

雷一边护着我，一边躲过攻击，而后发动几个杀伤力较大的魔法往肖恩身上招呼过去。

肖恩不躲不避，硬生生挡了下来，片刻后，他“砰”的一声倒在地上，再也没有了动静。

雷见我表情震惊，急忙解释道：“这些魔法只是暂时将他弄昏，杀不死他的。”

我松了口气，点点头说道：“既然他昏过去了，我们也赶紧离开吧！”

关押我的牢房比较特殊，一般人进来后必定出不去，所以也没有别的士兵看管我，因此我和雷很顺利地就逃出去了。

只是来到上面的出口时我才发现，原来这座隐秘的牢房竟建立在皇宫里面。

我面前矗立着数栋华美的宫殿，雷随手指着近处的一座宫殿，对我笑道：“我们从这里面走，直接绕过宫殿外面的守卫。这座宫殿直通后花园，后花园有个隐秘的出口，我就是从那里进来的。”

我看着身边的雷，有些担心地问道：“宫殿里的守卫应该不少，走这条路似乎也有些冒险。”

雷看着我，信誓旦旦地说道：“小千云不用担心，这座宫殿是专供亲王们议事的，那些亲王不相信皇城里的守卫，所以很久以前就把原本看管宫殿的守卫都赶出去了！”

我见雷说得这么肯定，不由得放下心来，笑着看着他说道：“雷，你好像很了解这里，是之前在这里做过事吗？”

雷夸张地对我笑了笑，说道：“是啊，之前被皇族邀请过来教几个小鬼……实在是令人毛骨悚然的工作。”

我有些同情地看着雷，说道：“皇族的小鬼，那可是熊孩子中的熊孩子，你真是辛苦了！”顿了顿，我继续说道，“既然没问题，那我们走吧，再说下去就要把守卫引过来了。”

雷笑了笑，对我说道：“嗯，你跟着我走，可千万别走丢了。”

我白了雷一眼，无奈地说道：“我又不是小孩子，不会跟丢的！”

语毕，我跟雷趁守卫们不注意冲进了那座宫殿。

宫殿内部奢华无比，地面与墙体全是采用昂贵的玉石铺贴而成，一条长长的走廊旁有数十个大小不一的房间，还有五六条七拐八弯的岔道，不知道通向哪里，宫殿内部布局看起来有些复杂。

雷带着我在宫殿里绕了两次，又沿着走廊走了七八分钟，终于，我们面前出现了一条由水晶石搭建而成的楼梯。

“楼上走廊尽头的小门外就是后花园，这个花园地理位置比较特殊。”看到我一脸不解的神情，雷解释道。

我“哦”了一声，随即跟在雷身后踏上了螺旋状的水晶楼梯，快速走了上去。

楼上又是一条长长的走廊，只是走廊旁仅有一个比较大的房间。

我们快要走到房间外时，雷忽然停下了脚步，我猝不及防，撞到了他的后背。

我揉着撞痛的鼻子，诧异地看着雷，问道：“怎么突然停下来了？发生什么事情了？”

雷表情有些古怪地说道：“房间里有人……”

我扑哧一笑，说道：“应该是皇族吧，我们使用隐身魔法躲过去就是了，他们察觉不到的。”

看雷的表情，我还以为是什么难缠的家伙呢。

雷皱起眉头，语气有些不肯定地说道：“不是的，除了几个皇族，里面还有……艾登的气息。”

我怔了怔，脱口说道：“艾登在里面？”然后我的双脚像是不受控制般朝那扇并没有关严实的大门走了过去。

雷在我后面大声喊道：“小千云，你不要过去，房间里面有血腥味，危险！”

然而，雷的话犹如一阵风从耳边吹过，我完全没有听进去。我克制不住激动的心情，用力地推开了大门。

宽敞的屋内狼藉一片，大片殷红的血在地面流淌。几位皇族人员侧躺在地上拼命挣扎，还有几个趴在沙发上，不过似乎没了气息。而门前一个

第九章

转　世　真　相　关　系　终　破　裂

青年背对我站着，他的背影明明是那么熟悉，那乌黑的头发却让我极为陌生……

“雷，这里有魔族！”我对身后的雷喊道。

那个青年因为我的喊声缓缓地转过了头。

刹那间，我的胸口像是被一把尖锐的剑狠狠刺了一下。

“艾登？”面前的魔族青年是我最熟悉不过的艾登。他用一双深紫色的眼眸静静地看着我，脸上再也没有了往日的温柔笑意。

“紫色的眼睛……”赶到我身边的雷怔了怔，表情变得非常古怪。

紫色的眼睛？

我记起来了——艾登曾经告诉过我，每个种族的神都拥有一双独一无二的紫色瞳孔，那是只属于神的标记。

想到这些，我觉得自己仿佛浸泡在寒冷的冰水里一样，身上冷得几乎没有知觉了。

雷看着艾登，忽然大笑一声说道：“你果然是魔族的神——亚瑟！”

艾登轻轻一笑，是那种无比冰冷的笑容。他说：“你早就察觉到我的身份了是吗？兽神——劳伦斯。”

什么？魔族的神？兽族的神？

听着两人的对话，我只觉得自己的脑袋都要爆炸了——没想到我最心爱的恋人与最亲密的朋友竟然都是神！

“你们两个到底是什么？”我的视线在两人身上来回移动，难以置信地往一旁退了退。

“小千云，你别紧张，也别害怕！我的确是兽族的神，但是我对你并没有恶意，我也不是故意要隐瞒我的身份……因为情况实在太特殊了……”雷一脸歉意地看着我，语气恳切地说道，“请相信我，我做的这一切都是为了帮你。”

我脑子里乱糟糟的，茫然地问道：“帮我？帮我什么？”

“帮你不会再一次被艾登杀死！”雷的语气和表情猛地一变，迅速将我护住。

“再一次被艾登杀死……”我怔怔地看着雷，表情变得惊恐起来。

“雷，你在胡说什么！我什么时候被艾登杀死过？他怎么可能杀死我？”我不解地问。

雷转过身用力抓住我的肩膀，试图安抚我，尽量用平静的语气说道：“你不信吗？那我就亲眼带你去看看吧。”

说完，他抓住了我的胳膊，念动咒语。

转瞬间，我们来到了一个冰天雪地的地下洞穴。

艾登随后而至。

白茫茫的冰雪几乎覆盖住了整个地下洞穴，我冷得打了个哆嗦。

在洞穴最深处有个用冰块搭建起来的高台，高台上放着一口水晶棺，隐约可以看见一个美丽的金发少女面容安稳地躺在里面。

“这是什么地方？”视线扫向不远处的艾登，我问雷。

“这个地方是我无意中发现的，是艾登用来保存女神尸体的。”

“女神的尸体？”我不解，正想接着问下去的时候，却见艾登动了。

第九章

转 世 真 相 关 系 终 破 裂

艾登沿着玻璃台阶一步一步走到水晶棺旁，蹲下身，伸出手隔空温柔地抚摸着棺中的少女，语气无比深情地叫着少女的名字：“露西娅……”

露西娅？那不是人族的女神吗？

我的心猛地一跳，脑海里闪现出一个大胆又让我惊恐的猜测。

“露西娅与我到底是什么关系？”我语气颤抖地问道。

雷深深地看着我，叹了口气，轻声说道：“你是露西娅的转世。”

转世？

我被这个词惊得倒吸一口凉气，随即想到了之前艾登对我的种种，忍不住浑身战栗。

我的发色、我的服饰……原来是这样吗？竟然是这样吗？从头到尾，艾登喜欢的人一直都是露西娅，而我不过是蹩脚的替代品罢了！

雷见我表情大变，吓了一跳，急忙叫我的名字：“小千云！”

“哈哈哈，所以这一切都是假的吗？一生一世一双人？”我抑制不住地大笑起来，笑着笑着，眼泪噼里啪啦地往下掉。

原来我以为的情深似海，都不过是转瞬消亡的谎言罢了。

此时，艾登将视线从水晶棺中的露西娅脸上转到我身上，笑容冷得几乎要把我冻僵。他说：“千云，我一直都在等你再次回到我身边，这一次，你终于不会再离开我了。”

“艾登，露西娅的悲剧，我是绝不会让它在小千云身上重演的！”雷挡在我前面，眼睛里燃起熊熊火焰，他说：“小千云就是小千云！她不是露西娅！我不会让你把她变成露西娅的！”

把我变成露西娅？这是什么意思？

我停止大笑，一脸惊惧地看着微笑的艾登。

“千云，你知道吗，每个神都有只属于自己的神格……”艾登从台阶上慢慢地走下来，脸上并没有什么表情。

“神格？那是什么？”我非常不安地看着艾登，内心就快被难言的恐惧填满了。

“神格是一种特殊的魔法宝石，是只属于神的宝物。”雷板着脸，替艾登回答道，“因为神的力量太过强大，神需要将自己的力量存放在神格里，同时也需要靠神格来控制自己强大的力量。而失去了神格的神会因为力量失控发狂而死……”顿了顿，雷看着我继续说道，“神格不会因为神的消亡而消失，它会与神一起进入轮回。”

我愣了愣，伸手放在自己的胸口，问道：“你是说，我的身体里有露西娅的神格？”

雷点了点头，认真地说道：“是的，你的身体里有露西娅的神格。”

“有了神格，露西娅就能再次活过来了。所以，千云，把属于露西娅的神格还给她吧。”艾登微笑地看着我，嘴里却说着让我觉得无比残忍的话。

心里的疼痛让我无法承受，我忍住眼泪破罐子破摔般冲艾登大喊道：“属于露西娅的东西我才不要，你要拿走就尽管拿走吧！我是负千云，不是露西娅！”

“不可以！”雷惊恐地看着我，急切地阻止道，“你体内蕴藏着露西娅所有的神力，一旦失去了神格，你会发狂而死的！”

我顿时愣在原地。

第九章

转 世 真 相 关 系 终 破 裂

我会死吗？

我不敢相信地看着一脸平静的艾登——原来我连替代品都算不上，不过是为了让露西娅复活的祭品罢了。

“小千云，快走！”雷趁着艾登还没有任何动作，急忙使出空间转移魔法，瞬间把我送出了冰冷的地下洞穴。

下一刻，出现在我面前的是一个不大的房间，房间装饰得很符合雷的风格。

看着这个房间，我陷入了短暂的茫然与无措。

这应该是雷的房间吧，我算是安全了吧？可是一想到刚才那一幕，我还是忍不住浑身颤抖。

艾登要杀我？他要我的命？

我不敢相信，我也不该相信！可是他说过的话不断在我耳边回响。

露西娅，那个美丽的女神真的是我的前世吗？

过多的信息让我的思绪变得混乱，我无力地跌坐在地。突然，一个人影出现在我的面前。

我定眼一看，是雷，只是他似乎受了伤，我吓得急忙爬了起来。

“雷，你没事吧？”我把雷扶到旁边的床上坐下，然后施展治疗魔法为他疗伤。只是他伤得很重，我几乎把魔力耗尽了才治好他。

雷脸色苍白地看着我，说道：“我，我没事……我小看了艾登……”

雷一提到艾登，我的心又抽痛了起来，脸色也变得很难看。

见状，雷赶紧安慰我：“小千云，你不要难过。”

“我现在还有什么好难过的……”我痛苦地笑了一声，终究忍不住担心地问道，“艾登也被你打伤了吗？”

“没有……他似乎比以前更厉害了，我伤不了他……”雷苦笑。

“那他会追到这里来吗？”我的心顿时揪了起来。

“不会，这里有我施放的隐秘魔法，他再厉害也察觉不到的。”

我愣了愣，有些悲伤地看着雷，说道：“雷你喜欢我……也是因为我是露西娅的转世吗？”如果我没记错，雷也是喜欢露西娅的。

雷怔了怔，再次苦笑道：“我必须承认，我最开始对你的爱恋的确是因为露西娅。但是随后越与你相处，我越发现小千云就是小千云，不是露西娅！”说到最后，雷的表情变得无比柔和。

我被雷深情的话语震惊了，同时心中又无比感动。我很感激雷对我是真心实意的，是把我当成负千云看待的。

“雷，谢谢你……”我的眼泪再一次掉下来。

“小千云，你别哭，你还是笑起来好看。”雷伸出手擦拭我脸上的泪水，语气温柔极了。

我止住泪水，平复了一下心情接着问道：“传说中人族女神是被魔族男神杀死的，所以，露西娅真的是被艾登杀死的吗？”

雷表情沉重地点了点头，说道：“是……”

我微微发抖，强忍着心里的痛楚问道：“那艾登杀露西娅的理由是什么？”

“那个时候，他不叫艾登，而是叫亚瑟，我与他同时追求露西娅，而露西娅只是把我当朋友看待……”说到这里，雷摇摇头，然后继续说道，“亚瑟对露西娅十分痴迷，但是露西娅接受不了他的身份，因此毫不犹豫地拒绝了他，两人甚至连朋友也做不成……不过想想也是，光明与黑暗怎么能相容呢？”

听到这里，我内心冒出了一个可怕的想法，我声音颤抖地问道：“所以亚瑟因爱生恨杀死了露西娅？”

雷重重地点点头，表情悲伤极了。他说：“是，求而不得最终让亚瑟疯狂了……”

得知真相，我的内心无比茫然，呆呆地问雷：“所以我现在会变成这样，都是艾登在算计我吗？”

说完，我又自己反驳道：“但是也不对啊……艾登一直与我在一起，他没有时间去杀死米娅！”

雷却一脸严肃地对我摇了摇头，说道：“艾登要算计的不仅仅是你……杀死米娅不需要他亲自动手……”

闻言，我一怔，而后顿悟，说道：“皇族，艾登真正要算计的是皇族！上一世的我不同意和艾登在一起，一定是因为顾及人族的所有子民，艾登是想报复阻碍了他与露西娅恋爱的人族！”

雷勾唇一笑，说道：“小千云看事情还是这么透彻。”

我惊得立马从床上站了起来，说道：“如果真的是这样，人族不就危险了吗？而且现在皇族已经乱成一团，根本抵抗不了魔族的入侵！”

我喘了口气，惊恐地问道：“艾登今天杀的都是皇族的亲王，他这是要做什么？”

雷不解地摇了摇头，说道：“那几个亲王我也不是很熟悉，更不知道艾登为什么要杀他们。”

思索片刻，他表情凝重地看着我说道："这种时候只能去把诺亚找回来了，有了他，我们一定可以抵挡住艾登与魔族的侵犯。"

"诺亚？"听着这个陌生的名字，我有些茫然，"这个人是谁？他厉害到可以对抗艾登与魔族？"

"诺亚是人族的男神——你上一世的兄长！"雷表情一变，认真地说道。

"可他不是很久以前就失踪了吗？"要找一个失踪许久的神，这也太难了……

"其实不久前你还见过他。"雷忽然对我神秘一笑。

我"啊"了一声，脱口问道："他是谁？"

雷微微收敛脸上的笑容，表情郑重地说道："兰斯。"

我猛地睁大眼睛，难以置信地说道："怎么会是他！他不是魔族的王吗，怎么可能是人族的神？"

雷微微叹了口气："虽然我不清楚详情，但是可以看出兰斯的能量与记忆似乎被艾登封印了。我想，如果是你，一定可以替他解开封印，让他变回真正的诺亚！"

听了雷的话，我认真地想了想，然后犹豫地说道："可是我不知道该怎么做才能唤醒兰斯，让他重新变回诺亚……"

"你只要用你体内的神格去刺激诺亚体内的神格，就能把他唤醒。你们人族之神有特殊的魔法联系方式。"雷用安抚的眼神看着我，语气肯定地对我说道。

"用神格唤醒神格……"我用手捂着胸口，沉默了片刻后，认真地看

第九章

转 世 真 相 关 系 终 破 裂

着雷说道，“我明白了。那我们现在就去找兰斯。我也要跟小曼把一切事情解释清楚，让她不要再为难人族了！”

“其实小曼她……”听到小曼的名字，雷似乎有话想说，但又有些难以开口，他看着我的表情很是为难。

“小曼怎么了？”看到雷这副模样，我心里莫名有些不安。

雷纠结了片刻，而后看着我，语气凝重地说道：“其实小曼跟你一样，也是神的转世，不过她是魔族女神菲丽丝的转世。”

“魔族女神？”我顿时瞪大了眼睛，说道，“所以，艾登是小曼的兄长吗？”

原来艾登第一次见到小曼时所流露出的悲伤和温柔，是出于这个原因。

“小千云……”雷抓住我的肩膀，语气非常认真地说道，“小曼现在一定与你一样没有前世的记忆，所以只要你把事情好好跟她说清楚，她一定会与你和好并结束战争的。”

我紧紧地咬住下唇，语气有些悲伤地说：“小曼就是小曼，她不是什么菲丽丝……”顿了顿，我像是安慰自己般对雷说道，“小曼她又胆小又心软，只要我跟她好好说清楚，她一定会变回那个我熟悉的小曼的……”

“嗯，一定会的。”雷放开我，露出一个轻松的笑容，说道，“既然小千云你已经决定好了，那我们就立马去魔城吧！”

我忧心忡忡地点了点头，说道：“好，现在就走！”

做好决定后，雷很快就安排好了去魔城的飞马。我坐在马车里，心境却跟以往完全不同了。

艾登……现在一想到这个名字，我的心就会撕裂般疼痛，哪怕我知道他只是把我当成复活露西娅的祭品，可我的内心终究舍不得伤害他，原来我竟然爱他到了这种程度。

我想着想着，眼泪潸然而下。

坐在对面的雷看到我落泪，幽幽地叹了口气，说道："小千云……还是放不下艾登啊……"

"住进心里的人怎么可能轻易放得下……"我紧紧捂住胸口，似乎每一次呼吸都能让我痛得撕心裂肺。

雷的表情变了变，声音有些低沉："你就这么喜欢艾登吗？"

"不是喜欢，是爱，我很爱他。"我流着泪说，悲伤到无法控制内心汹涌的情绪。

雷表情一沉，语气却依旧明快："小千云，即使他现在要杀你，你也要继续爱他吗？"

我没有说话，只是轻轻点点头。

付出的爱怎么可能轻易收回呢？更何况对方还是我自己亲手放进心底的人……

"小千云……我跟你真的没有机会了吗？"雷看着我，表情有些忧伤。

"我……"我无措地看着雷，不知道该怎么回应。

"我真的很喜欢小千云，这份感情就算是世界毁灭也不会改变。"说话间，雷的眼中像是装满了星辰，璀璨耀眼，"所以小千云愿意再给我一次机会吗？我会比艾登对你更好的……"

第九章

转 世 真 相 关 系 终 破 裂

我怔怔地看着面前深情告白的雷，突然忍不住大笑了起来，只是笑容悲伤极了，我说：“比艾登对我更好吗？可是，雷，无论你对我多好，你终究不是艾登啊……”

我好不容易止住笑声，郑重地拒绝雷：“雷，我很感谢你对我的情谊……只是真的对不起……就算我与艾登再也没有可能，我也不会与你在一起的……我对你只有友情，没有爱情。”

雷脸上的笑容凝固了，他语带哀伤地说：“我早就应该明白你的选择……是我一直不愿死心，到头来，你的心还是只属于他……”

看到雷这么悲伤，我心里也有些难过。但是我不能因为雷对我好，出于感激，就接受他对我的感情，这对我、对他，甚至对艾登都不公平。

我知道，我这一辈子除了艾登再也不会爱上任何人了，我的心里只有他。

飞马在奔跑了一天一夜后，于第二天下午抵达魔族首都——魔城。

我与雷各自将自己的发色与瞳孔伪装好，顺利混进了魔城。

魔族没有皇族，管理魔族的最高权力掌握在魔王与其三个手下手里。他们居住的城堡在魔城深处的后山，又偏僻又遥远。

我与雷一路躲避魔族守卫，花了一些时间总算来到了魔城的后山。在层层绿林覆盖的山顶上，隐约可见一座庞大的城堡。

“就是那里。”雷指着高山上的城堡对我说道。

“你用瞬移魔法带我上去吧。”我目测了一下距离，对身边的雷说道，“如果走上去又要浪费不少时间，我们现在必须争分夺秒！”

“好。”雷应答一声后，抓住我的胳膊，瞬间就把我带到了山顶。

我们停下的地方与城堡大门有些距离。城堡整体采用黑白两色，显得低调又内敛。材质用料上，相比人族宫殿的华美，魔族的城堡更加简约。

“我去解决那两个守卫。”雷看着大门口的守卫，对我说道。

“嗯。”我轻声应道。我并不担心雷，他好歹也是兽族的神，解决两个魔族守卫肯定没问题。

雷很快就把两个守卫解决了，我和他使用隐身魔法进入了城内。

城堡内部也是用黑白两色的大理石建成的，并不奢华。这里空间极大，每一条走道旁都有好几个房间。

“小曼……”

走着走着，我忽然看到了站在窗户边与兰斯说话的小曼，忍不住喊了出来。

“谁？”小曼表情一变，冷冷地朝我们的方向望来。

第十章

误 会 解 除 得 惊 人 真 相

因为我和雷使用了隐身魔法，所以小曼并不能看见我们。听到她的声音，我立马就想解除魔法，雷却拽住了我的胳膊，阻止我现身，他似乎在顾虑些什么。

“怎么了？”兰斯看着小曼严肃的表情，不解地问道。

“我刚才听见有人叫我……好像是千云……”小曼的表情阴沉下来，看样子还在因为当日的误会耿耿于怀。

“你的那位友人？”兰斯的声音淡淡的，“她现在应该在人族的皇城，怎么会出现在这里？你一定是听错了。”

小曼神色厌恶地说道：“我少小曼才没有这种出卖朋友的友人！”顿了顿，她冷冷一笑，补充道，“她要是出现在我面前，我一定不会放过她！”

听到小曼的话，我心里一震。我知道她因为当日的误会怨我，但我不知道她的怨恨已经深到这种程度……这还是那个温柔的小曼吗？

“你不要动怒。”兰斯伸出手握住小曼的手，语气变得温柔了一些。

“嗯，我不生气。”小曼收起脸上的怒意，对兰斯灿烂一笑，说道，

第十章

误会解除得惊人真相

“我听说城堡外的米蝶花开了，我们去看看吧。”

“好。”兰斯对小曼露出淡淡的笑容，牵着她的手，很快就离开了窗前。

我与雷没有跟随他们离去，而是潜进了一个位于角落的房间。我们解开身上的隐身魔法，对视一眼。

雷若有所思地对我说道：“小曼与兰斯似乎……”

虽然他没有说下去，但是我知道他想说什么。

“花与蝶同时恋上了彼此……”我只觉得心里苍凉，不带任何情绪地说道，“我曾经以为自己与艾登也是花与蝶……可那终究只是骗人的谎言罢了。”

“那兰斯与小曼……”雷斟酌着用词，小心翼翼地问我，“我们是不是也要想办法让他们分开？人族的神怎么能与魔族相恋呢？恐怕到时候会引起两族大乱……”

我摇了摇头，语气坚定地说道：“我已经拆开过他们一次了，不能再犯同样的错误。小曼是真心爱恋着兰斯，我想兰斯也是真心喜欢着小曼……”顿了顿，我继续说道，“更何况在我眼里，他们并不是敌对关系，只是小曼与兰斯罢了……”

雷见我如此说，也只好附和：“我看小曼姑娘对兰斯的确一往情深，如果真要拆散他们，恐怕你到时候与她就更难和好了。”

我深深地叹了口气，说道：“只是现在小曼如此怨恨我，我的解释恐怕她根本听不进去……”说着，我有些感激地看着雷，“还好你刚才拉住了我，要不然我真的不知道该怎么面对小曼的怒火。”

雷苦笑了一声，对我说道：“我刚才也是感觉到气氛不太对，所以拉住了你。不过，看样子小曼姑娘对你的芥蒂似乎真的很深……”

我沉默下来，他也沉默了一下，随后又对我笑道：“不过这说明你在她心里很重要，要不然她也不可能因为你的‘背叛’而气到这个地步……”

我回忆起曾经跟小曼相处的点点滴滴，有些感慨地说道：“小曼从小就很依赖我、信任我，我的‘背叛’的确能给她带去难以承受的打击，更何况那个时候她对兰斯的感情那么深。”

雷想了想，说出一个想法：“既然这样，我们干脆去找兰斯劝解小曼吧。反正我们这一趟也是为了唤醒他而来。”

“直接找兰斯？”我犹豫了一下，有些担心地说道，“可是我把他唤醒后，他还是原来的兰斯吗？他有可能帮我们一起劝解小曼吗？”这时我也想起了一件很可怕的事，我记得在传说中，魔族的女神是被人族的男神杀死的！

“这个嘛……”雷也有些迟疑，用不是很肯定的语气对我说道，“被唤醒后，他作为兰斯的记忆应该还是保留着的，只是恢复了人族之神记忆的他，恐怕难以接受自己现在的身份。”

“然后呢？”我追问道。

“你别急，听我把话说完。”雷颇为无奈地浅浅一笑，说道，“不过你不用担心，杀死菲丽丝的绝对不是诺亚。”

第十章

误 会 解 除 得 惊 人 真 相

“那他对小曼的感情会不会受影响？”就算雷这么说，我心里还是闪过几个最坏的念头，无法彻底安下心来。

假如我真的把兰斯唤醒，而他却因为彼此的身份不接受对小曼的感情，那到时候我与小曼的心结恐怕就更难解开了。

“这终究还是要看他本人的意愿。”似是看穿了我的担忧，雷给了我一个安抚的眼神，说道，“你放心，你的兄长绝对不是一个无情的人。”

“可小曼真正的身份终究是……”我还是很迟疑，犹豫不决地看着雷。

“你不是说过吗，小曼就是小曼，不是魔族女神菲丽丝。”雷的话掷地有声。

“没错……小曼只是小曼，跟菲丽丝还有魔族一点关系也没有！”被雷的话感染，我忽然有了勇气与决心。

我不能再迟疑了，人族的命运现在就掌握在我和雷的手上！

与雷商量好后，我们决定先去找兰斯把他变回诺亚。但是由于兰斯大部分时间都与小曼在一起，我们只好使用隐身魔法藏在暗处等他们分开，然后再见机行事。

热恋中的情侣总是格外甜蜜，我与雷暗中观察了他们一天，直到晚上两人才分开，返回各自的房间。我与雷赶紧跟在兰斯身后一起进入屋内。

“我觉得自己看了一天言情剧。”使用隐身魔法躲在兰斯房间里后，我用只有自己和雷能听到的魔法声音说道。

雷满脸笑容，有些疑惑地问道："言情剧是什么？不过他们的感情真是好呢。"

闻言，我点点头表示赞同。没想到他们两人，一个害羞，一个冷漠，秀起恩爱来却毫不含糊。

我忽然叹了口气。我与艾登秀恩爱的时候，在别人眼里是不是也是这样呢？只可惜，我与他再也不会有机会去验证这件事了……

"小千云？"雷见我的情绪忽然变得低落，伸出手拍了拍我的肩膀，问道，"你怎么了？脸色不太好呢。"

我不想让雷知道我又想起了艾登，只好敷衍道："没事，大概是跟了他们一天有点累了。"

"这样啊……"雷低声对我说道，"我还以为你又想起艾登难过了呢。"

听到雷的话，我被他敏锐的直觉吓得几乎惊呼出声，但最终还是忍住了。我表情淡然地说道："我现在哪还有什么心情想艾登，我只想快点与小曼和解，阻止两族的战争。"

雷侧头深深地看了我一眼，说道："是啊，现在还有什么比阻止两族战争更重要的事情呢。"

"你们跟了我们一天，到底要做什么？"就在我们交谈间，坐在沙发上看书的兰斯轻轻地合上手里的书籍，抬起头，冰冷的目光准确无误地落在我与雷的脸上。

第十章

误会解除得惊人真相

我和雷对视一眼，都看见了彼此眼中的惊讶之情。

没想到兰斯竟然能看破我们特殊的隐身魔法！

事到如今，我们也不再隐藏，直接解开魔法现身。

我干脆地对兰斯说道："我需要你的帮忙。"

"身为人族的你竟然来请求魔族的我帮忙？这真是有趣。"兰斯面无表情地看着我，眼神里带着轻微的讥讽之意。

我在兰斯对面的沙发上坐下来，笑眯眯地问道："你不介意我这个人族坐一下你的沙发吧？"随即我语气一变，看着兰斯继续说道，"如果我说你不是魔族呢？你真的了解自己真正的身份吗？"

兰斯并不因我无礼的举动而生气，听清我说的话后，他微微一挑眉梢，语气沉静地说道："不了解。我只知道我是魔族的最强者，是魔族的王，我……"

"啊，不好意思，打断一下，你现在已经不是魔王了，小曼才是。"我毫不客气地打断兰斯。

身边的雷听到我这么说，扑哧一声很不给情面地笑了出来。

我与兰斯同时抬头朝雷看去，雷拼命忍住笑意对我们说道："啊，抱歉……你们继续说，继续说……"

"兰斯，你不是魔族，永远也不会是。"重新回归正题，我将视线从雷身上转到兰斯平静的脸上，说道。

兰斯静静地看了我片刻，说道："我不是魔族，那我是什么？"他的语气冷静得似乎在问我今天吃了什么。

“人族。”我看着兰斯，平静地说道，“人族之神——诺亚。”

兰斯轻轻地“哦”了一声，似笑非笑地看着我，说道：“我的噩梦成真了。”

“噩梦？”我皱了皱眉，瞬间反应过来，惊讶地问兰斯，“其实你对自己真实的身份早就有预感了是吗？”

“我一直在做同一个梦，很悲伤的梦……”兰斯看着我，但目光似乎穿透我望向了非常遥远的地方。

我看着这样的兰斯，忽然说不出话来，同时内心也在疑惑他那个梦是关于露西娅的死亡，还是关于被艾登封印的绝望。

“可是遇到小曼后，我再也没有做过那个梦了。”兰斯的眼神渐渐变得温柔，似乎整个人都沉浸在与小曼相处的甜蜜里，他说，“跟小曼在一起的每一天，我都觉得很满足……这是一种奇妙的感觉，我以前从来没有过。”

“兰斯先生……这就是爱情的伟大啊！”雷在一旁插嘴道。

雷的话犹如一记重锤砸在我的胸口，我的心情顿时沉郁起来。

爱情的确很伟大……这从艾登为了露西娅，竟然不惜找到转世的我来救她的命就可以看出。

我想，从与他相见的第一面起，我就已经一步一步走入了他的计划。什么爱情、什么誓言，全都是可笑的谎言。难怪我会突然来到这个世界，而后又那么巧地救了他。这哪里是巧合，根本就是无情的算计！

“爱，很美好的词，很适合小曼。”兰斯轻笑一声，随后立即恢复成面瘫脸。他看着我，淡淡地问道："你想把我变回诺亚吗？"

"是，因为我需要你去阻止艾登。"我目光灼灼地看着兰斯，语气严肃地说道，"因为保护人族是你的使命！"

"我的使命？"兰斯似乎不以为然。

他又笑了，但是眼里完全没有笑意，他说："艾登……是魔族的什么人？"他很聪明，已经完全反应过来了。

"他是魔族的神，是我们的敌人。"我缓了口气，尽量不让自己在兰斯面前因为艾登的身份而流露出脆弱。

此时兰斯已经收敛了笑意，表情淡定地问我："你……不难过吗？"

"什么？"我微微一愣，没想到他会这么问。

"恋人成了敌人，不难过吗？"兰斯冰冷的目光落在我的脸上，试图从我脸上寻找细微的悲伤。

"兰斯！你这个家伙问了什么混账问题！"我还没回答，雷就先怒气冲冲地喊了一句，说完，他又有些担心地看着我。

"难过啊！怎么会不难过？"我自嘲地一笑，随即问兰斯，"如果小曼要与你为敌，你会难过吗？"

"我不会难过。"兰斯摇了摇头。

"为什么？"我又是一愣，兰斯的回答总是出乎我的意料。

"因为我不会与她为敌。如果她真的非要与我为敌，那我就让着她，因为我舍不得她难过。"兰斯说得那么认真，语气再也没有以往的冷漠，而是带着无与伦比的温柔。

“傻瓜……”我忽然觉得鼻子一酸，说道，“你这样的家伙喜欢上小曼……真是太好了。”

“兰斯，你还没有……”突然，房门被人推开，穿着黑色长裙的小曼走了进来。看到我和雷，她瞬间脸色大变。

“千云！”小曼死死地盯着我，眼里是可怕的怒意。

“小曼！”我急忙从沙发上站起来，语气急切地说道，“那天的事情真的不是你想的那样，我是被，被……”话说到一半，我的胸口忽然剧痛起来，到嘴边的名字怎么也说不出口，缓了一大口气后，我才继续说道，“我是被艾登陷害的！那天的一切全都是他的阴谋，我真的没有背叛你！”

“艾登？”小曼微微愣了愣，皱眉瞪着我，说道，“这关艾登什么事？没想到你现在连艾登都栽赃！我是不会相信你的！”

听到小曼的话，再看到她坚决的神情，我所有的话都卡在了喉咙里，只觉得无比委屈。

回忆起艾登以前对我的种种多情举动以及后来的种种无情行为，我的眼泪瞬间绝堤，抑制不住地往下掉。

爱人、朋友全都远离了我，我现在还剩下什么？

“小千云！”雷着急地看着我。

小曼见状，表情变了，嘴上却还是凶巴巴地对我喊道：“你这算什么！以为自己哭了我就会原谅你吗？”她虽然说得很凶，可是看着我的表情明显柔和了下来。

第十章

误会解除得惊人真相

“小曼姑娘，你认识小千云这么久，她是不是那种以哭来求和的女生，你难道不清楚吗？”雷心疼地看着我，对小曼说道。

小曼神色复杂地看了我一眼，语气略带一丝伤感地说道：“认识你这么久，还是第一次见你哭，以前……总是我在你面前哭……”

我深呼吸调整情绪，擦干脸上的泪水，忍住翻涌的情绪，对小曼和雷说道：“抱歉……刚才情绪有些失控了……”

说罢，我强忍着悲伤看着面前的小曼，恳求道：“小曼，看在我与你这么多年的友情上，你认真听我解释一下好吗？求你了……”

小曼的表情一怔，语带震惊地开口：“这是你第一次求我……”顿了顿，她似乎妥协了，说道，“既然你那么想对我解释，那就让我听听看到底是怎么回事吧。”

我见小曼总算愿意听我解释了，不由得心里一松。我高兴地对雷露出一个笑容，说道：“小曼愿意听我解释了！太好了！”

雷也笑着说：“是啊，真是太好了。”然而他的笑容却令我感到莫名心惊。

小曼与兰斯紧挨着坐在沙发上，而我与雷坐在他们对面。

“说吧。”小曼抬头看了我们一眼，一副洗耳恭听的模样。

我看了小曼与兰斯两眼，轻声说道：“小曼，我与艾登在一起了。”

“千云，你……”小曼满脸惊讶地看着我，而后一笑，说道，“你果然也是喜欢艾登的，我当日的直觉没错。”

“是，我喜欢他！但是我与他的恋情正是我现在所有痛苦的来源。”

我忍着心里的痛楚，一字一句地对小曼说道，“因为这场恋情不过是艾登置我于死地的骗局罢了……”

“什么？艾登要杀你？”小曼倒吸一口凉气问我。她身边的兰斯闻言，脸上也闪过一丝惊讶。

“小曼，你难道一直没想过自己为什么会来到这个世界吗？”我扬起一抹笑容，问小曼，并不着急解释艾登杀我的理由。

小曼沉默了片刻回答道：“没有。因为很多事情都太过理所当然了，以至于我从来不去想这个问题。”

我轻轻一笑，说道：“你说得没错，从来到这个世界开始，所有事情都太过自然了，所以我跟你一样，几乎没有考虑过这个问题。”顿了顿，我抑制不住脸上的冷笑继续说道，“但是我现在明白了，从来到这个世界开始，我不过就是唤醒一位女神的工具罢了！”

“女神？工具？千云，我怎么听不懂你在说什么？”小曼紧紧地皱起了眉头。

“小曼，你相信前世今生吗？”我看着小曼，面无表情地说道，“你知道吗，其实我与你曾经都属于这个世界。人族女神露西娅就是我的前世。”

“露西娅是你的前世？天啊！”小曼瞠目结舌地看着我，表情忽然一变，脱口问道，“你说我也属于这里？难道我也是某位神的转世？”

在魔族生活了这么久，小曼明显变得比以前反应快了，人果然都是历练出来的。

第十章

误　会　解　除　得　惊　人　真　相

“是。”我轻轻点头，仔细观察小曼的表情。她似乎有些不安，也有些好奇。

“那……我是哪一位神的转世？”小曼咽了咽口水，眼睛一眨也不眨地看着我，紧张地问道。

“菲丽丝。”我干脆地回答道。

“魔族女神菲丽丝？”听到我的回答，小曼惊得从沙发上站了起来。而兰斯的表情微微变了变，随即又回归死一般的沉寂。

“没错，正是传闻中被人族男神诺亚杀死的魔族女神菲丽丝。”我对小曼如此说道，心里却突然闪过一丝别扭的感觉。

我记得传闻说诺亚先杀死了菲丽丝，愤怒的亚瑟才杀死了露西娅报仇。然而事实完全不是这样，亚瑟是因爱生恨杀死露西娅的，那么菲丽丝又是怎么死去的呢？就此推断，菲丽丝被诺亚杀死的可能性并不大。而身为神的菲丽丝没有发生意外是不会消亡的，所以她也应该是被某位神杀死的才对，而且她死得比露西娅早……

细细思索，我只觉得脑袋快要爆炸了，心里隐隐觉得自己就快理清些什么了，却终究还是隔着一层迷雾。

小曼环顾着房间，表情带着一丝喜悦，说道：“怪不得我那么喜欢魔族、喜欢兰斯、喜欢这里的一切……原来我上一世就是保佑魔族的女神啊！”

“但兰斯并不是魔族。”雷突然插嘴道，脸上带着似笑非笑的古怪神情。

“什么？”小曼唇边的笑意渐渐凝固，她疑惑地看着我和雷。

我叹了口气，说道：“雷说得没错，兰斯并不是魔族……他……”我忽然觉得难以说出口，这个真相对于知道自己身份的小曼而言似乎过于残忍了。

“千云，你有话就直说！”小曼的性格似乎变得急躁了一些，她催促我。

“我是人族的神诺亚。”就在我准备开口的时候，兰斯主动对小曼说道，表情依旧淡淡的，“虽然我完全不记得身为诺亚时的记忆了。”

“你是……诺亚？”小曼的脸上瞬间没了血色。

“你怕我吗？”兰斯静静地看着小曼，温柔的笑容不曾散去。

小曼轻轻地摇了摇头，对兰斯灿烂一笑后，伸手抱住他，语气平静地说道：“不怕。我是小曼，不是菲丽丝……而兰斯也只是兰斯。我才不认识什么诺亚呢。”

我没有想到小曼会是这样的反应，心里觉得很欣慰，同时也觉得很羡慕，羡慕他们如此信任彼此。

“咯咯！你们俩注意一下，我们还在这里呢。”雷实在受不了两人亲昵的模样，故意大声咳嗽了一下。

“啊……抱歉。”小曼放开兰斯重新坐好，白皙的脸庞微微泛红，她再次望向我，“千云，你继续说。你与艾登又是怎么回事？”

我的目光越过小曼与兰斯，直直望向两人身后的窗户。敞开的窗外，夜幕深沉，正如我此刻的心情，没有任何明亮的色彩。

第十章

误 会 解 除 得 惊 人 真 相

“艾登想复活露西娅。”我微微颤抖地说。

“复活？这怎么可能做得到！露西娅不是已经死了吗？要不然也不会有千云你呀！”小曼大惊失色，根本不相信艾登能复活露西娅。

“做得到……只要拿我的命换露西娅的命就行。”我的声音几乎听不出任何温度，每一个字都像一把利刃，用力地划破自己的心脏。

“拿你的命……换露西娅的命？”小曼惊得站了起来，大声喊道，“艾登疯了吗？他不是你的恋人吗？他怎么下得去这个手！”

“怎么下不去手呢？我不过是蹩脚的代替品罢了……不，我连代替品都不算。”我眼神空洞地盯着小曼，连强颜欢笑都做不到。

“千云……”小曼深深地看着我，抓住我的手，表情悲伤地看着我，说道，“你不要太难过了……”

“我已经没有心情难过了。”我反握住小曼的手，认真地说道，“我现在唯一想做的就是让你不要再误会我了。我已经失去了最爱的恋人，不能再没有你这个最好的朋友……”

小曼动容地看着我，轻声说道：“你刚才说的那些，我已经明白了……其实前段时间听说你被指控杀死人族公主时，我就应该明白的，你是无辜的，所有的事情或许并不是我想的那样……只是我自己想不开……”

顿了顿，她一脸歉意地看着我，说道：“对不起，千云……这些天是我太过冲动，没有好好细想当日的不对劲……”

我对着小曼摇了摇头，语气轻柔地说道：“不怪你……是你太过相信我，所以这些天才会那么生气和失望……”

“千云……”

“小曼……”

我们紧紧地抓住彼此的手，相视一笑，这么多天的误解与不快终于烟消云散。

“小曼，我希望你可以终止对人族的战争。”误会解开后，我将自己此行的另一个目的告诉小曼，“现在的人族已经经不起折腾了，再这样下去只会有更多无辜平民受害。”

小曼了然地看了我一眼，语带愧疚地说道：“其实发动战争我也有些不忍心。最初那一战只是我的一时冲动，而后几战我明明知道不对，却没办法劝服自己停下，因为我已经是新的魔王了……我明白人族与魔族的子民都是无辜的，他们不该承受我们的怒火……”

我见小曼这么说，也知道这些日子她肯定不好受，毕竟她本性善良，而那样战火纷乱的画面，本就不是她愿意看到的。

“小曼……”

我正想与小曼好好商量一下停战的事情，几个士兵突然慌张地推门而入，表情惊恐地望着小曼和兰斯说道：“两位魔王大人，不好了，艾登大魔法师带着人族士兵攻打进来了！”

“什么？”我与小曼同时吃惊地喊了出来。

兰斯唰地站起来，看着那几个士兵，表情终于有了波澜。他说：“他们现在在哪里？”

第十章

误 会 解 除 得 惊 人 真 相

“已经攻进大厅了！”几个士兵喘着气说道，“三位大人已经去迎战了！”

听到这话，我与雷对视一眼，瞬间心领神会，异口同声惊恐地说道：“这才是艾登真正的目的！”

“艾登的目的？这是怎么回事？”小曼惊魂不定地看着我，着急地问道。

“我们边走边说！”

我与小曼、艾登、雷快速往城堡大厅方向奔去。途中，我简单地把艾登的身份以及他对露西娅的执念还有对人族的怨恨全部告诉了小曼，小曼听得一愣一愣的。

“艾登根本是走火入魔了！”小曼听完我的话，对艾登的种种行为评价道。

我听到小曼这么说，心情更加糟糕了。艾登怎么会变成这副模样呢？难道爱而不得真的会让人变得那么可怕？还是身为魔族之神的他本来就很可怕？不！小曼就一点也不可怕啊！

我们四人很快就赶到了大厅。

大厅非常宽敞，能容纳几百人。而大厅本身又没有什么复杂的装饰，从墙壁到地板全是采用黑白色的大理石，唯有屋顶悬挂着两盏琉璃水晶灯，照得夜晚也如白昼般明亮。

到达大厅时，我发现里面并没有像我想象中那样挤满了人，只有人族的一百来人与魔族的几十人对峙。

“魔族怎么就这么点人？”我诧异地问小曼。

“因为之前的战争，很多守卫都被分配到了城内执行警卫任务，城堡里并没有什么人。”小曼忧虑地对我解释道。

我粗略打量了一下人族的士兵，他们大部分都是中等以上的魔法师。我倒吸一口凉气，瞬间明白了艾登的想法。

虽然现在城堡里并没有多少士兵，但是山下的城里有不少厉害的魔族，而且小曼一定能在天亮前把聚集在外的中坚力量全部调回来，而一旦他们回来，这些魔法师必死无疑。艾登是要把人族的力量全都消耗掉吗？

“艾登！”我看着站在所有士兵前面的艾登，心里说不出是什么滋味。明明才几天没见，却犹如隔了一个世纪，感觉无比陌生。

“千云。”艾登看着我，语气一如既往的温柔平和，“我来带你回去。”

“我不会让你动千云的！”小曼比雷更快地拦在我前面，悲痛地看着艾登，说道，“艾登，不要再如此执迷不悟了！看在我曾经是你妹妹的分儿上，住手吧！”

艾登的目光移到小曼脸上，他轻声说道：“你已经知道自己的身份了？”

“是！”小曼扬唇一笑，说道，“但是那又怎样，少小曼就是少小曼。”顿了顿，她似是想起了什么，非常愤怒地说道：“露西娅已经死

第十章

误 会 解 除 得 惊 人 真 相

了，在你面前的是千云！你真的要为了露西娅杀死千云吗？”

听到小曼这句话，艾登看着我的眼神里仿佛霎时飘起了寒冬飞雪，他说：“这个世界上只有露西娅，没有负千云。”

闻言，我怔怔地看着艾登，难过得连眼泪也流不出来了。

他的话总是可以轻易地将我的心刺得千疮百孔。

“艾登！你不要太过分！”雷生气地大喊。

“可恶！”小曼也气急了，扭头对兰斯说道，“兰斯，对这种人我们就不要客气了，先把他拿下再说。”

随即，两族士兵开始疯狂交战。

“小千云……”雷担心地看着我，并没有加入战斗。

我深深地吸了一口气，对雷说：“我们也加入战斗，去阻止艾登！”

“好。”见我终于开口，雷点点头。

虽然我嘴上这么说，但真正面对艾登时却怎么也下不了手。趁我愣神的片刻，艾登随手施放了一个魔法火球朝我招呼过来。千钧一发之际，一个身影挡在了我前面，替我扛下了那一击。

“兰斯——”我还没有反应过来，小曼已经撕心裂肺地喊了起来。

我怔怔地看着兰斯在我面前倒下，心情从惊恐不已逐渐变为心如死灰。我没想到，艾登竟然会用这样的杀招对我，看来我还是太天真了！

兰斯躺在地上，面色苍白，奄奄一息。小曼红着眼睛蹲在他身边。雷似乎愣住了，完全没有反应过来。

“艾登，我要杀了你！”受惊的小曼再一次失控发狂，强大的魔气从她身上散发开来。

紧接着，她用由黑气化出的长剑用力刺伤了艾登的胳膊。艾登受伤后狼狈躲避，似是没料到发狂后的小曼会如此厉害。一击不中，小曼再接再厉。这一次，眼看小曼手中的长剑就要刺穿艾登的胸口，我却下意识地冲了过去。

“不要！”我大喊道，想也没想就要用自己的身体替艾登挡下小曼的攻击。

小曼见我突然出现，吓得急忙想收手。与此同时，艾登抓住我的肩膀将我转了个身，而后用自己的背对着尖锐的剑锋……

那一剑刺中了艾登，不过所幸偏离了心脏。

“傻丫头。”艾登靠在我身上，语气一如往昔般温柔。而他身上殷红的血几乎要染红我整件衣服，这令我无比惊恐。

“不许叫我傻丫头。”我鼻子一酸，有多久没听到他这么叫我了……

“你……”发狂的小曼见到这种情况也惊呆了，随即稍稍冷静下来，她大概也没有想到艾登会宁可牺牲自己也要保护我。

“哈哈哈——”气氛僵持时，耳边忽然传来一阵充满快意的笑声。

我与小曼下意识地转头看去——是雷在笑。

“你笑什么？”小曼本就不是很喜欢雷，现在这种情况下又见他在笑，更是不悦。

“没什么。”雷仍然一脸愉悦，说道，“我只是觉得……这场戏该落幕了。”

第十章

误 会 解 除 得 惊 人 真 相

“雷？”闻言，我不安地看着他。

原本靠在我身上的艾登却用力地推了我一下，把我推向一旁。

“你总算露出真面目了。”艾登的脸色苍白如纸，他摇摇晃晃地站着，看着雷，说道。

“哎！可千万别这么说，我一直都是这副模样。”雷像往常一样夸张地说道。

艾登嗤笑一声，勉强打起精神看着雷，并不接话。

“最后一程还是我送你吧。”雷脸上带着微笑，眼里却不见一丝温度。话音落下，他扬起手，嚣张地直指艾登，随后口中念出魔法咒语。只见一道光芒亮起，化为利箭朝艾登射去。

利箭飞出的一瞬间，我再次冲到艾登身边。他连站都站不稳了，肯定没法躲开。

这一刻，我突然想起了兰斯说过的话——因为我不会与她为敌。如果她真的非要与我为敌，那我就让着她，因为我舍不得她难过。

原来……我也舍不得艾登难过啊，更不忍眼睁睁看着他死去……

这一次，我不再被幸运女神眷顾，利箭刺穿了我的胸膛，顿时，许多画面涌入我的脑海……

我想起来了，我身为露西娅的时候就已经是艾登的恋人了，我们一直很相爱！

“千云——”

“小千云……”

我迷迷糊糊地倒在地上。视线变得模糊之际，我发现原本奄奄一息的兰斯和重伤的艾登都已恢复如初，正与雷面对面说着什么。只可惜我什么也听不见、看不见了……

片刻后，我眼前的世界陷入了一片黑暗。

我不知道自己睡了多久，再次睁开眼睛时，看见的就是坐着床边、眼睛红肿的小曼。

“千云！你终于醒过来了！”见我醒来，小曼激动地抱住我，她的模样似乎跟之前有些不同。

“小曼……”我眨眨眼睛，茫然地看着她。

“千云！”这时，艾登从门外走了进来，惊喜地说道，“你总算醒了！”

我脑子里乱糟糟的，对眼前的情况反应不过来，愣愣地问道：“艾登，你们与雷到底是怎么回事？”

“说来话长……”兰斯也从门外走了进来，他与艾登一起在我面前的椅子上坐下，说道，“这要从你跟小曼还是露西娅与菲丽丝的时候说起……”

接下来的一个小时里，兰斯与艾登一起给我讲述了一个很长很长的故事。故事里，我的前世人族女神露西娅与魔族男神亚瑟相恋，而小曼的前世——亚瑟的妹妹、魔族女神菲丽丝，与露西娅的哥哥、人族男神诺亚相恋。两对情侣感情一直很好，只不过因为考虑到种族不同，族人难以接纳，一直保持着秘密的恋人关系，日复一日过着平静的日子。

可是某一天，兽族的男神劳伦斯恋慕上了露西娅。然而露西娅并不愿意接受他的感情，因为她深深地爱着亚瑟。劳伦斯为了杀死亚瑟夺走露西娅，便想抢走其他神的神格增强力量，而后他盯上了并不善战的菲丽丝。这也是这一世的小曼为什么容易发狂的原因，因为她失去了可以控制自己力量的神格。露西娅在无意间察觉了劳伦斯的阴谋，被控制不住两种神力的劳伦斯失手杀害。

露西娅与菲丽丝的死亡给亚瑟和诺亚带来了难以承受的打击，同时有人散布谣言，并拿出证据说是他们分别杀害了露西娅和菲丽丝。也就在那个时候，他们察觉到两族女神的死亡是有人刻意为之。为了查出凶手，他们互换了神格，改名为艾登和兰斯，分别潜入对方的种族生活。

而彼时，劳伦斯野心勃勃，想要杀死人、魔两族的男神获得更多神力，却发现两人莫名失踪，于是改名为雷，四处查探两人的下落。

经过长时间的调查，艾登和兰斯察觉到了雷的不安分，并且探查出了他的真实身份——兽神劳伦斯。

而那个时候，雷已经找到两位女神的转世，也就是我和小曼，并且决定再一次把我们召唤回来。

随后，艾登和兰斯决定将计就计，一步一步踏入雷自以为万无一失的布局。雷最终的目的是除掉艾登和兰斯，夺走他们的神格，然后抹去我的记忆，把我打造成只属于他的“露西娅”。他先是散布谣言，激起米娅的嫉妒心，处处针对我，造成我和米娅的矛盾，再杀死米娅，栽赃给我，离间我和艾登的感情。为了让我对艾登死心，他又残忍地杀害了人族皇族成员，然后救出我，算准艾登抵达现场并使出神力打算救治伤员的时间，让我亲眼见证那一幕。

艾登和兰斯将计就计，反将了雷一军，两人不仅抢回了小曼的神格，也将他彻底封印住了。

艾登深情地看着我，说道："抱歉……说了那么多让你伤心的话。"

"没关系……"我伸出手用力地抱住艾登，说道，"我与你的那些美好回忆，我全都想起来了……艾登，我们以后再也不会分开了。"

艾登也紧紧地抱住我，回应道："嗯，我们再也不会分开了。"

随后几天，小曼四处奔波，终于终止了两族的战争，并且与人族新登基的王签订了和平协议。而兽族那边则由艾登亲自去解释清楚了，和平时代终于到来。

我的伤痊愈后，艾登与兰斯使用魔法把我和小曼送回了我们自己的世界，因为我们实在太想家了。

看着熟悉的山峰与丛林，我对身旁的艾登灿烂一笑，说道："艾登，欢迎来到我的世界！"

小曼也紧紧握住兰斯的手，深情地说道："兰斯，欢迎来到我的故乡！"

"人类世界，我们来了。"艾登与兰斯对着我和小曼温柔一笑，异口同声地说道。

行走在诗和远方

——安晴

距离从清迈回来已经有大半个月的时间了，心却似乎依然停留在那里的蓝天白云下，甚至梦里依然念念不忘蜂居旅店旁那僻静却开满各种小花的林荫道。随意地在街上四处闲逛，在不经意间总能遇到一些修行者，还有来自世界各地的艺术家，他们每个人脸上的神色都很慵懒，仿佛自己是处在一个与世隔绝的地方，生活节奏慢得好像整座城市都刚从睡梦中醒来。

在旅程最后一天，我偶然遇到了两对来清迈拍婚纱照的情侣。我之所以对他们印象深刻，是因为两对新人居然都是双胞胎，相似的容貌在旁人看来，根本很难分辨出谁是谁，可他们却可以第一眼就认出彼此的恋人。

和他们告别后回到旅馆，我忍不住点开几个月前已经写好的稿子《我的世界以你为名》，重新翻阅了一遍。这个故事里的两位男主角也是一对双胞胎，他们虽然有着相似的容貌，性格却截然不同。之前写的时候，我好几次差点情绪失控，为每个人在青春岁月里的痛和泪、爱与付出。当你遇到一个人，他会为你收起他的顽固脾气，是因为他爱你；当他把你的兴趣也变成他的兴趣，也是因为他爱你；当他为你做出许多不可思议的改变，那更是因为他深深地爱着你。

回顾这几年的创作经历，我觉得自己真的很庆幸。从第一本《你是我的命运》，到最近上市的《南风替我告诉你》、《岁月还未来得及缠绵》，这期间我走过了许多地方，留下过很多温馨美好的回忆，也在旅途中激发出大量的创作灵感，以此构想出了很多故事。如果有人要问我最值得骄傲的事情，那大概就是不忘初心，一直坚持着最初的梦想——行走在远方，追求着诗意的生活，写着可以带给你们感动的故事。

美少年天团“告白”来袭！

艾可乐独家奉献　超甜蜜的校园魔幻爱情

《真的喜欢你哟》

【内容简介】

琉璃学院鼎鼎大名的校花月梨奈，真实身份竟然是破产户的女儿？
老爸跑路，别墅被收走，她还意外被一名相貌“可怕”的神秘少年艾伦·梵卓纠缠！
唯一能求助的青梅竹马司徒又是个控制狂，跟人气偶像郑南彬组成她超讨厌的“毒舌”二人组！
不管啦！哪怕沦落到住阁楼，梨奈也只想一个人安静打工找老爸！
可谁想到她被迫收留的神秘少年艾伦，竟然一夜变成绝世美少年！
花痴成群，麻烦不断，傲慢的竹马王子察觉到危机，还跑来向她表白！
艾伦醋意满天飞，宿敌大小姐李兰熙也不甘心跳出来捣乱！
什么？你看我不顺眼是因为我抢了你的意中人？可是大小姐，你的意中人到底是哪位啊？
年度心跳蜜恋特辑！艾可乐独家酿制的异类爱情即将唯美上演！

极品校花一夜变破产千金
神秘冷傲的血族亲王＆毒舌别扭的青梅竹马热辣出击！

告白语：月梨奈，我是真的真的喜欢你哟！

超人气软萌少女茶茶　巨献轻氧系浪漫故事

《精灵王子的时光舞步》

【内容简介】

回乡下探望爷爷的途中被古老森林里的精灵恐吓，想办舞会又听说学校阁楼里有“幽灵”出现，千寻雪这段时间遇到的怪事可真多！
千寻雪不信邪，拉着姐姐大闹阁楼，逮住“吸血鬼”少年白洛西和会说话的蝙蝠一休，还和他们一起成立了薄荷社团。
等等，为何这个老捉弄她的坏蛋白洛西靠近她时，她的心会“怦怦”地乱跳？
她还没弄明白这颗心是不是被他偷走了，观察白洛西很久的大小姐苏纱却跳出来揭穿了白洛西的身份！
一时间，千寻雪沉浸在被欺骗的愤怒中。当她怒气冲冲地想弄清楚真相时，苏纱却失去了消息，白洛西也诡异地被绑架了。
什么？他真的不是吸血鬼？他身上还带着天大的秘密？还有一个想要他性命的大仇人？
不管了，白洛西，无论你是谁，我历经万难也要找到你！
我赖上你了！

欢快俏皮少女“赖上”古老精灵，将神秘美少年“坑蒙拐骗”抱回家！

告白语：我是属于森林的精灵，只要你在等我，我就不会消失，无论现在，还是未来。

少女们的魔法糖果书　温馨治愈　浪漫梦幻

怦　怦　怦　！　你　准　备　好　了　吗　？

松小果　史书级调侃+反差形人设+爆笑的剧情

《美型骑士团·星辰王女》

【内容简介】
“学霸”夏小鱼最大的爱好是看参考书；最喜欢的游戏就是做参考题。
可是谁来告诉她，为什么她突然得继任什么星空守护使，还要负责守护星空城的和平？这简直是在浪费她做题的时间！
还没等她反应过来，星空守护三骑士绚丽现身——
永远欺压在她头上的全校第一天才美少年安艽染说话刻薄就算了，还敢嫌弃新任守护使？
天使般的可爱“正太”樱寻狐岛竟然足足有三百岁，结果莫名其妙地被抓走？
拥有奇特思维的“酷炫”系不良少年息九桐暮姗姗来迟，怎么是“吃货”“话唠”？
呜呜呜，为什么解除骑士魔咒的办法是星空守护使的祝福初吻？
“学霸”少女的日常生活完全混乱啦！

甜美少女学霸变身元气星空使！三大骑士保驾护航！
混乱异界和星空之城的故事浪漫上演！

告白语：去吧！去做一个星空守护使应该做的事情！我会守护你！

灵气女子七日晴　终极幻想情感力作

《迷迭香记忆馆》

【内容简介】
你有没有想要尘封的过去？你有没有未能圆满的憾事？
传说三界中有一家迷迭香记忆馆，馆内有一面名为“溯流”的时光之镜，凡是踏进馆中的人，都能回溯时光，重塑记忆。
少女夏云梦从一段噩梦往事里解脱，进入记忆馆帮助清冷神秘的美男馆长周稷打理事务，却见证了一段又一段与爱情、记忆有关的故事。冷淡疏离的未婚夫妻，身份隐秘的网络名人与女武替演员，失去友情的鲛人少女……
浮生有尽，唯情不止，于迷迭般的淡淡香气里，氤氲一曲三界人情百味奇谭。

琥珀色泪珠，缠绵世间凄美的爱情故事……
迷迭花香，迷醉诱惑，指引你去往轮回之地！

告白语：一想到以后的日子里没有了你，我会心碎至死。我想把对你的爱变成永恒，生死相融，永不分离。

请用科学的方法心动

谁说拥有异能就拥有全世界？

木九以亲身经历告诉我们——
无论是机器还是异能，
人类所能依赖的只能是自己的智慧，
否则就可能出现以下场景：

1.木九：为啥他们要一块块地搬石头啊？

某人：不然呢？
木九：可以用推车啊！
某人：推车是什么东西？
于是木九成为了艾欧尼亚大陆的“鲁班”。

2.爱丽丝：唉，他们都说水元素异能者没用……

木九：为什么？
爱丽丝：因为水元素太温和了，没有火或者雷电厉害。
木九：但你知道吗？人体中水的重量占人体比例的70%，而且在一定温度下，水还可以结成冰……（这么凶残还不够吗？）
于是木九成为了艾欧尼亚大陆的“开尔文”。

伪“穿越”，真“学霸”

木九没想到，学习成绩普普通通的自己竟然能有如此受人尊敬的一天……还是老话说的好，“学习使人进步”！

只不过……谁来告诉他，恋爱学在哪儿教授？她急需为他报名啊！

更多精彩，尽情期待“凉桃”新作

《请用科学的方法心动》

时间：初冬的某个深夜
地点：夏小桐的后宫
（欢迎入群：575020455）

深情款款

菜菜：
有没有人在啊？（一片寂静……）

菜菜：
有没有人在啊？（依然一片寂静……）

菜菜：
拆

加恩小姐：
已经备好小本子。

哗啦啦小雨：
收到！

寒污婆：
我来啦！

菜菜：
果然……来来来，大家来分享一下，这些年听到、看到最深情的一句话吧。

加恩小姐：
好像没我什么事……

寒污婆：
有一次我问我男朋友：有人追我怎么办？他很认真地说：你不跑他不就没法追了！嗯，好像说得还挺有道理……

哗啦啦小雨：
去年冬天，下着大雪，他把手套和围巾都给我。我问：你不冷吗？他说：我冷一点没关系。（脸红）

爱麻辣烫的夏小桐：
为什么变成了一场秀恩爱分享会？（摇了摇菜菜的肩膀）

周款款：
说到这个，我想起了叶叙对我说的那段话。
“以前，我只顾埋头创作，初次认识她时甚至还觉得她又土又俗。可后来我才发现，自从有了她，我才知道什么叫真正的活力和生活。艺术来源于生活，不光有阳春白雪，还有下里巴人。她改变了我。有句诗是这样的，‘我爱你，不光因为你的样子，还因为和你在一起时我的样子’。”

菜菜：
好甜✪ω✪，看得我都想谈恋爱了！不过这位周款款同学，你是从哪里窜过来的？

周款款：
啊？我从《深情款款》而来。

菜菜：
看来无论是学习“撩汉”，还是“撩妹”，都得多看书啊！

周款款：
嗯，比如说@爱麻辣烫的**夏小桐**的新书**《深情款款》**，你们值得拥有！

学长，你又机智了

俗话说，唯女子与小人难养也，但“池珺珺”却觉得“凌寒枫”比女子和小人加起来更难搞定！

【现实】

“池珺珺，实验器材都消毒了吗？”
“池珺珺，培养液配好了吗？”
“池珺珺……”
“学长，求你给我一分钟喘气的时间……对了，学长，你负责抓的小白鼠呢？”
“要不，你躺上去模拟一下？”
“学长，你能不这么坑人吗？”
“不能。”

【游戏】

“不是说PK吗？你到哪儿了？”
“在路上呢，大概20分钟后到达目的地。”
“没有传送符？”
“要1金呢！”
[好友“傲寒天”给您发来“传送符”一张。]
“记得你现在欠我3万金了。”
“一张传送符3万金？你怎么不去抢啊！”
“我现在不是在抢你吗？”
“到底还讲不讲理了！”
“不讲。”

“进击的白团子”成名作《同学，你马甲掉了》姊妹篇**《学长，你又机智了》**
比玩网游的奥数冠军更“男神”的学长机智登场！

——学长，你能不这么机智吗？
——不能。

毕淑敏 著

晚安  夜风相伴

Good night

每一个无眠的夜晚，世界都不曾冰冷，窗外起舞的萤火虫，街口昏黄的路灯，都可以给你温暖。亲爱的，迷失在情感的路途里不算什么，因为你依然拥有整个世界。

畅销作家**毕淑敏**晚安短篇集

45个温情暖心故事，与你说尽世间万般情，终豁然开朗

/// 文坛大家毕淑敏常常将自己的所见所闻付诸笔端，再用故事的表现形式如抽丝剥茧般一点点流露出其对爱情、亲情、友情的感悟，本书尤其如此，年轻人阅读或有所启发。

——搜狐读书

/// 人的一生有如一场修行，过程中遇到的挫折、磨难无可避免，而读书则如我们修行时用来披荆斩棘的工具，越是好书，发挥的工具效用越强，毕淑敏的这本书大抵是件好工具。

——新浪读书

/// 来自心灵智者毕淑敏的温情独白，《晚安·夜风相伴》用暖人心扉的笔触去解读生活、品味情感，行文朴实亲切、细致入微又充满睿智的哲思，会带您体会生活的独特韵味、情感的质朴动人，找寻心灵的出口。红尘俗世中，唯有爱不可忘、不可负。

——咪咕阅读内容总监陈晶琳

“晚安”系列

西西莉亚“小优趣读”系列

来自故宫神兽天团的皇家八卦集锦

吱吱吱……
大家好，我是来自故宫神兽天团的行十，故宫博物院太和殿上的最后一位脊兽。
因为我们久居深宫，所以积累了无数的皇家八卦。
而且我们团队最近迎来了来自圆明园的新朋友——十二生肖兽首，极大地扩充了八卦来源！
我们这就来跟大家分享一下！

皇帝每天的起床时间

爆料人——凤凰

呃，作为早睡早起的好习惯代表，生物钟让我每天早上四点醒来。（拜托，我是凤凰，我不打鸣！）
然而有一个人，竟然比我起得更早，那就是皇上。原来做皇上，每天天不亮就要起床更衣了呢！皇帝都这么辛苦了，你们还有什么偷懒的理由！

被请客的皇上

爆料人——猴首

作为待不住的猴子代表……（行十：泼猴，你说谁呢！）
我在圆明园的时候喜欢乱跑，于是听我另外一个古董朋友说过八卦。它以前在一个南宋王爷的府里待过，那位王爷曾经请皇上吃饭，一顿饭，不算重复的菜，光吃各类果盘、肉干、果脯等冷食就有92道，接着各类热菜、汤类、海鲜也吃了30道，听得我口水都流了一地！

每天都不能按自己爱好选择衣服的皇上

爆料人——天马

爱美之心人皆有之，就连我们这些神兽也不例外！可是，我有次在皇上的宫殿里乱逛的时候才发现，原来皇上竟然是不能按照自己的喜好选择穿衣服的。不同的节气、节日都要穿不同的固定的衣服。唉，没想到，身为皇上，竟然连选择自己今天穿什么衣服都不行呢！

绝对不能把饭吃完的皇家贵族！

爆料人——猪首

再次郑重声明，不准叫我猪头！（众神兽：好的，猪头！）

身为一个吃货，我最喜欢的就是每到饭点就去围观皇家的筵席！呜呜呜，他们每顿吃的都好多啊！而且听说，他们有个特别变态的规矩，就是绝对不可以把席上的东西吃完！

浪费可耻！不过，还好达官贵人们吃过的筵席，都要赏给下人们吃，能吃到主人席上剩下来的东西还是一种很大的荣誉！

好吧，我承认，在他们吃之前我就已经在厨房偷吃过一点了！